JN082427
Ryusei & Kijima
「あなたは三つ数えたら恋に落ちます」

あなたは三つ数えたら恋に落ちます

海野幸

キャラ文庫

この作品はフィクションです。
実在の人物・団体・事件などにはいっさい関係ありません。

目次

口絵・本文イラスト／湖水きよ

あなたは三つ数えたら恋に落ちます

「『雲母』って書いてなんて読むの？　きらら？　で、フルネームが雲母琉星（きららりゅうせい）。これマジで本名？　きらきらしてんのは顔だけにしてよ。お兄さんホストなんでしょ？　源氏名じゃなくて？」

はい、と琉星は青白い顔で頷（うなず）く。深夜の公園でベンチに腰掛け、右と左から強面（こわもて）の男に挟まれながら。

琉星の右隣に座る男は派手な柄シャツを着て、首にはごつい金のチェーンネックレスをつけている。手元の書類を覗（のぞ）き込み、しきりに琉星の名が偽名ではないかと疑っているが本名だ。自分でもきらきらしい名前をしているとは思う。

左隣に座る男はレスラーのように体格がいい。上下揃（そろ）いのジャージを着て、地蔵のように黙り込んでいる。琉星が少しでも身じろぎすると威嚇するように睨（にら）みつけてくるので、視線くらいしか動かせない。

五月とはいえ深夜の空気は冷え込んで、シャツの上にジャケット一枚しか羽織っていない琉星は震える膝を掌（てのひら）で押さえ込んだ。

一体どうしてこんなことになってしまったのか琉星自身よくわからない。いつものように仕事を終え、店と駅の中間地点にある公園の前を足早に横切ろうとしたら、路上に停（と）まっていた車からこの男たちが降りてきた。琉星の行く手に立ちふさがった二人は「あんた、あのー……。駄目だ、名前が読めねぇ、こっち来い」と琉星を公園に連れ込んだのだった。

混乱甚だしい琉星に、派手なシャツを着た男が一枚の書類を突きつけた。

「とりあえずこれ、わかる？　借金の借用書。連帯保証人のところ見て？」

男が指し示した欄に書かれていたのは琉星の名だ。ぎょっとして身を乗り出すも、借金の連帯保証人欄にサインをした記憶など欠片もない。男は書類をくるくる丸めると、筒状にしたそれでぽこんと琉星の額を叩いた。

「債務者は尾白雄二だって。知ってる？」

尾白なら職場の同僚だ。店でも指名トップのホストである。加えて言うなら高校時代の同級生で、琉星をホストクラブに斡旋した当人でもあった。

ここ数日、尾白は店を無断欠勤していたが、まさか借金を作っていたとは。

琉星はもう一度書類を見せてくれるよう男に頼む。連帯保証人欄に書かれているのは確かに自分の名だが、明らかに琉星の筆跡とは違う。だが押印は本物だ。雲母なんて珍しい苗字の判子がそう簡単に入手できるとも思えない。

（そういえば先週、店で酔い潰れてたら尾白が家まで運んでくれて……あのとき、なんか家の中でごそごそしてたな……？）

琉星はホストのくせに酒に弱く、たびたび店で前後不覚になる。そんなとき琉星を自宅まで送ってくれるのはいつも尾白だった。面倒見のいい奴だと思っていたが、まさか端から判子が目当てだったのだろうか。

呆然自失の琉星から書類を奪い、柄シャツの男が立ち上がる。

「状況が理解できたみたいだから、ちょっと事務所行こっか？」

返事をする暇もなく、反対隣に座っていたジャージ姿の男が琉星の腕を取った。

琉星とて身長は百七十半ばあるのだが、レスラーのような男性と比べれば体格差は歴然としている。踏みとどまろうとしたが敵わず、半ば引きずられるように公園の入り口へ連れ出された。

焦って大声を出そうとしたが上手くいかない。薄暗い公園の雰囲気に呑まれて息が浅くなった。

小学生の頃、琉星は夜の公園で不審者に襲われたことがある。おかげで未だに暗い公園は苦手だ。今日だってほとんど目をつぶって公園の前を通り抜けようとしていた。あのとききちんと目を開けていれば、この二人に捕まることもなかっただろうか。

後悔しても遅い。自分はどこに連れていかれるのだろう。日の当たる場所にはもう帰れないかもしれない。恐怖のあまり腰が抜けそうになった、そのときだった。

「待った。そいつはこっちに寄越せ」

夜の公園に、ざらざらと掠れた低い声が響いた。酒か煙草で喉を潰したような声に反応して顔を上げると、公園の入り口に真っ黒な男が立っていた。

黒いシャツに黒いスラックスを穿き、目元まで闇で覆ったように不穏な目つきでこちらを見る男は三十代の半ばだろうか。アーチ形のポールに腰かけ緩く背を曲げているが、それでもわかるほど背が高い。まともに立てば軽く百八十はありそうだ。

目にかかる前髪を無造作に後ろに撫でつけ、男は剣呑な表情で琉星を指さした。

「そいつにはうちの方が多く金貸してんだ。先にこっちに回せ」

息を詰めて成り行きを見守っていた琉星はその場に膝をつきそうになる。助け舟と思ったらとんだ泥船だ。この男も取り立てとは。

借りてないです、と無言で首を横に振ってみたが誰も見ていない。死神のような全身黒尽くめの男の前に、柄シャツを着た男が立ちはだかる。

「こういうのは早い者勝ちに決まってんでしょ。はいはい、そこどいて」

言いざま男を押しのけようとしたが、黒尽くめの長身はびくともしない。無言で見下ろされた柄シャツは一瞬怯んだように後ずさりしたが、それを隠すように威勢よく拳を振り上げて男の頬を殴りつけた。

琉星は思わず首を竦める。自分が殴られたわけでもないのに心臓が跳ねた。

一方の男はわずかに首を捻っただけで、痛みなど感じさせない無表情だ。顔を前に戻してのっそりと立ち上がると、柄シャツの男を見下ろして淡々とした口調で言った。

「加賀地（かがち）は元気か？」

「はっ？　加賀地って、うちの」

「相変わらず社員教育がなっちゃいないな。そのうち捕まるぞ、とでも言っておけ」

立ち上がった男はやはり背が高い。肩幅も広く、立っただけで威圧感が倍増した。その顔をしげしげと見詰めていた柄シャツの男が顔を強張らせる。

「あっ、しゃ、社長の知り合い……!?」

言うが早いか、柄シャツの男が振り返ってジャージの男を小突いた。琉星の腕を拘束していた手がほどけ、二人は一目散に車に乗り込みどこかへ行ってしまう。

エンジン音が遠ざかったところでようやく我に返る。目の前に立つ死神のような男は、胸のポケットから煙草を取り出しおもむろに火をつけ始めたところだ。

話の塩梅から察するに、この男も金融会社の人間らしい。しかし男は琉星には目もくれず、夜空に向かって紫煙を吐いている。

（あ、あれ……？　この人も僕に借金を返せって迫りに来たんじゃ……？）

それとも一服するまで待っていろと無言で要求しているのだろうか。何も言わず煙草をふかす男の横顔はわずかに腫れている。

逡巡（しゅんじゅん）したのは一瞬で、琉星は意を決して男の横をすり抜けると公園を飛び出した。

走りながら振り返るが、男は煙草をくゆらせるばかりで追いかけてこない。琉星は更に走って、公園の近くにある自動販売機でミネラルウォーターを買い再び公園に戻った。

戻ってきた琉星に気づいて、男が意外そうに眉を上げる。

琉星は軽く息を乱しながら男にペットボトルを手渡した。

「これ、どうぞ。殴られたところ、冷やしてください」

男は差し出されたペットボトルを見下ろし、束（つか）の間黙り込んでから鼻を鳴らして笑った。

「逃げ出したかと思ったら」

「逃げてもどうせ、追ってくるでしょう?」

違いない、と男は肩を竦める。男の腫れた頬を見詰め、琉星は膝が震えているのを悟られぬよう、毅然（きぜん）とした声で言った。

「だったらきちんとお話をしましょう。僕はお金を借りた記憶なんてないんです。それから……早く頬を冷やしてください」

唇の端に煙草を挟んだまま、男が琉星を一瞥（いちべつ）する。一瞬だけ目を細めたが、煙が目に染みたのか、それとも笑ったのかはわからない。ペットボトルを差し出し続ける琉星から目を背け、深々と吸った煙を溜息（ためいき）のような息遣いで吐き出す。

「連帯保証人にされるわけだ。お人好（ひとよ）しめ」

平坦（へいたん）な声で言って、男はようやく琉星からペットボトルを受け取った。

闇をまとう死神じみた男は、雉真と名乗った。

琉星は『キジマ』という音を耳にした瞬間『鬼島』という字面を想像し、あまりに外見と合致し過ぎていると半ば感心したが、名刺を手渡されて勘違いを悟った。

名刺には雉真玄哉という名前の他に、雉真消費者金融なる社名が印刷されていた。名前の上には、代表取締役という肩書も記されている。

公園の近くに停められていた車に乗った琉星は、雉真の会社に向かう道すがら事のあらましを説明してもらった。

最近店を無断欠勤していた尾白は、どうやら店の上客と駆け落ちまがいのことをしてしまったらしい。相手はどこぞの会社の社長夫人らしいが、逃亡中に夫人がカードを使って足がつくことを恐れ、方々の消費者金融でしこたま金を借り高飛びしたそうだ。そしてその連帯保証人は、軒並み琉星になっているらしい。

「……署名したの僕じゃないんですけど、それでも払わないといけないんですか？」

恐る恐る尋ねてみたが、あっさり「払ってもらわなきゃ困るな」と返されてしまった。法的な正しさなど端から議論するつもりはなさそうだ。

「幾らぐらい、なんでしょうか」

「よそから借りた分もまとめれば五百万ってところだ」

覚悟していたつもりだったが、予想を遥かに上回る高額に絶句する。それなのに、雉真はけろりとした顔で「いつ返せる？」などと尋ねてきた。

「す、すぐには無理です」

「ホストなんだろ？　たかが五百万くらい」

「僕、指名かかったことがないので……」

ハンドルを握る雉真が横目で琉星を見る。すぐに視線は前に戻り、「その見た目でか？」と短く問われた。

雉真が訝るのも無理はない。琉星は整った顔立ちをしている。笑顔には清潔感があり、女性に対する物腰も柔らかだ。接客中、柔和に笑いながら相槌を打つ姿は王子と呼ばれることすらあるのだが。

「下戸なんです。だからお客様の前でもすぐ正体を無くしてしまって……」

「なるほど。その見た目でべろべろに酔っ払われたらそりゃ幻滅する」

向いてないな、と言い捨てられても否定できない。弱いのは酒ばかりでなく、酔っ払いも滅法苦手なのだ。酔った客の吐く熟柿臭い息から顔を背けてしまいそうになる。指名がかからないのも当然と言えた。

尾白に誘われさえしなければ、ホストの仕事など思いつきもしなかっただろう。働き始めてまだ三ヶ月だが、自分には不向きだと痛感して近々辞めるつもりでいた。

去年の春、大学院を卒業したときはこんな状況に陥るなんて夢にも思っていなかった。卒業直後はとんとん拍子に就職先も決まり、順調な滑り出しだったのに。

底辺ホストの琉星に貯金残高はほとんどなく、五百万という大金をどうやって返済すればいいのか見当もつかない。

青ざめていたら車が停まった。雉真の会社に着いたようだ。

三階建ての小さなビルには、『雉真消費者金融』の看板がかかっている。すでに終電を過ぎた時間にもかかわらず、二階の窓には明かりがついていた。

店舗のシャッターを開けて中へ入る。一階には銀行のようなカウンターが置かれ、その向こうにキャビネットとデスクが並んでいた。カウンターの脇に二階へ続く階段がある。

二階は事務所らしい。階段を上がってすぐの扉を開けるとスーツ姿の男性が二人いた。琉星とさほど年の変わらない若者で、雉真に気づき慌ただしく椅子から立ち上がる。

「社長、お疲れ様です！」

「加賀地さんのところより先に確保できたんですね！」

「ああ、ぎりぎりだったがな。こんな時間まで待機させて悪かった。もう帰っていいぞ」

部屋の中央に寄せられた六つのデスクを通り過ぎ、雉真は窓辺にぽつんと置かれた大きなデスクに腰かけた。どうやらこれが社長机のようだ。

部屋の入り口で二の足を踏んでいると、雉真が指先を軽く曲げて琉星を呼んだ。デスクを挟んでその前に立つと、「名刺よこせ」と命じられる。

琉星は言われるまま、肩かけ鞄から名刺を出す。雉真は人差し指と中指でそれを挟んで目の前にかざすと、無表情のまま呟いた。

「なんだか面白いことが書いてあるな」

言葉とは裏腹に、さほど興味もなさそうな顔で琉星の名刺を裏返す。

「名前の下に書いてあるこれ、なんだ？『愛の催眠術師』」

雉真の言葉につられたのか、背後で帰り支度をしていた社員たちが動きを止めた。

名前の下に書かれるそれはホストのキャッチフレーズだ。すべて店長が考えたもので、『不夜城のキング』だの『天界のテクニシャン』だの、印象に残りそうなフレーズを適当につけている。

雉真は名刺をデスクに置くと、『愛の催眠術師』という文字を指で辿った。

「催眠術なんてかけられるのか？」

「いえ、違うんです。僕は大学で心理学の勉強をしていただけで、勘違いした店長が勝手に

……」

「わかった、かけてみろ」

琉星の背後でギッと椅子の軋む音がして、振り返ると帰り支度をしていたはずの社員二人が椅子に座り直していた。雉真と琉星のやり取りを面白がっている様子で、しばらく見学してい

くことにしたようだ。観客が増えて興が乗ってきたのか、雉真も口元にうっすらと笑みを浮かべる。

「俺も催眠術にかけられるとどうなるのか興味がある。テレビで見たぞ、酸っぱいもんを甘く感じるように暗示をかけられた奴がレモンを貪り食ってる姿。どうせならああいうのがいいな。煙草の味でも変えてもらうか」

「あの、本当に僕はそういうのは……」

うろたえる琉星を面白そうに眺め、雉真はのっそりとデスクに身を乗り出した。

「決めた。お前に惚(ほ)れるよう暗示をかけてみろ」

背後の社員が声を殺して笑う。しかし琉星は笑えない。催眠療法についてテキストで学んだことはあっても、実際に催眠術をかけた経験など皆無だ。

硬直する琉星を見上げ、雉真は唇の端を持ち上げる。

「早くやれ」

「……無理です」

「失敗したら内臓売るぞ」

「む、む……」

雉真はいっそ穏やかな笑みを浮かべているものの、無言の圧力が途轍(とてつ)もない。無理だと言える雰囲気ではなく、琉星は体の脇で拳を握りしめた。

（さっきから無理だって言ってるのに！　ここでお金を借りた人たちは、皆こうやって内臓を売られるんだ……！）

いくら待っても雉真が前言を撤回する様子はない。生齧りの知識を総動員してでも、できる限りのことをするしかなさそうだ。

腹を決め、琉星はデスクを回って雉真の隣に立った。

「では……椅子に深く腰掛けて、両手を腿の上に置いてください。掌は上に向けて」

雉真は楽し気に眉を上げ、言われた通りの体勢をとる。目を閉じるよう促すと、これも素直に従った。

琉星は過去に読んだ書物の内容を必死で思い出す。催眠術は術者が一方的に暗示をかけるもののように思われがちだが、実際は暗示をかけられる被験者と術者の共同作業になる。

催眠の成否を分けるのは、被験者と術者の間にどれだけ信頼関係があるかだ。この信頼関係は、被験者が術者を「催眠に誘導してくれる人」と認めることで初めて成立する。

今のところ、雉真はこの状況を面白がっているだけで琉星を術者として認めていない。まずはその認識を改めてもらわなければ。琉星は張り詰めた表情で袖をまくる。内臓をとられるか否かの瀬戸際なのでこちらも必死だ。

「まず、催眠状態に入りやすくするために深呼吸をしましょう。鼻から大きく吸って……胸一杯吸い込んだら、口からゆっくり吐きます。……もう一度」

言われるまま、雉真は深呼吸を繰り返す。琉星はその反応を見つつ、頃合いを計って声のトーンを変えた。

「そのまま深呼吸を続けていると、掌に変化が出てきます。ピリピリした感じがするかもしれませんし、温かくなってくるかもしれません。どんな変化でも構いませんから、何か感じたら教えてください。そのときが催眠状態に入る最適なタイミングです」

雉真の眉が小さく動く。面白がる顔だ。深呼吸を繰り返しながら、手元に意識を集中しているのがわかる。よし、と琉星は心の中でガッツポーズを作った。

人間は二つのことで同時に迷えない。雉真は今、掌にどんな変化が起きるか待ち構えている。つまり変化することを前提にしているわけで、変化が出るか出ないかについては迷っていない。この時点ですでに軽い暗示にかかっている。

緊張した面持ちで見守っていると、雉真がおもむろに口を開いた。

「指先が痺(しび)れる感じがするな」

琉星は再び拳を握る。かかった。

深呼吸は自律神経に作用する。掌など体の末端に何かしら変化が起こるのは催眠術でもなんでもない当たり前の反応だが、それでもこれが暗示の第一段階だ。

「では軽くテストを行いましょう。背もたれから体を離して座ってください」

雉真が黙って身を起こす。後ろで様子を見ていた社員たちも、大人しく成り行きを見守っているようだ。

「僕がこれから三つ数えると、貴方はだんだん体が後ろに倒れていきます」

雉真が薄目を開けてこちらを見た。ぎくりとする。

何しろぶっつけ本番だ。しかし術者が自信を失えば、被験者も敏感にそれを感じとって暗示にかかりにくくなる。うろたえた表情など死んでも浮かべられなかった。

「それでは、三つ数えます」

雉真は目を伏せ、大人しく琉星の声に耳を傾けているように見える。琉星はゆっくり数を数えながら雉真の状態をつぶさに観察した。

催眠誘導は相手の反応を見ながらリードしていく心理技術だ。雉真の体はきちんと脱力しているか、眼球彷徨はあるか。反応が薄ければさらに暗示を促す必要がある。

ふと足元に視線を落とすと、雉真の踵が軽く浮いているのに気づいた。後ろに倒れる、という暗示をかけようとしているのに、体重が前にかかっている。

端から琉星の言葉に従うつもりはないのか。はたまた他人の言葉には反発したい性分なのか。暗示にかかっているかどうかに拘らず、術者の言葉に素直に従わない被験者も存在する。

短いカウントの間に知識を総動員し、琉星は努めて落ち着いた声で続けた。

「さあ、体が前に引っ張られるのを感じますか。前に、前に、上半身が引っ張られていきます」

後ろに倒れる、と暗示をかけたのに、琉星はそれとは逆のことを言う。すでに体重を前にかけていた雉真の体は、琉星の言葉通りわずかに前に動いた。

「引っ張られる、引っ張られる、どんどん引っ張られます」

踏みとどまるように雉真の動きが止まった。瞬間、琉星は声を大きくする。

「引っ張られながら、体は後ろに倒れます。反対の力が加わって、後ろに、後ろに、ゆっくり」

最初に「前に引っ張られる」という琉星の言葉に反応して体が前に動いたからか、その後の言葉にも雉真は抗(あらが)わない。大きな体がぐらついて、今度は後ろに傾いた。背もたれに背中がつく。そのまま体が弛緩(しかん)して、深く椅子に沈み込んだ。

しっかりと目を閉じて動かない雉真を見て、琉星は細い息を吐く。危なかった。体重が前にかかっているのに気づかなかったら誘導の言葉を間違えるところだった。催眠術は魔法ではない。結局のところ、観察と計算による心理誘導だ。

これで自分の知っている知識は出し尽くした。ここからが本番だ。一連の被暗示性テストで、雉真が暗示を受け入れやすい精神状態になっていることを祈るしかない。

雉真の肩にそっと手を置く。自分自身にも暗示をかけるように深く息を吐くと、琉星は小さな声で呟いた。

「貴方は……僕のことが好きになる……」

背後の二人が堪えきれなくなったように噴き出した。

琉星だって馬鹿馬鹿しいことをしている自覚はある。筋肉操作や五感操作ならまだしも、感情操作はかなり深い催眠状態にあるときでないと難しい。

わかっている。最初からこんなの無謀な要求でしかない。次に雉真が目を開けるときは、自分の人生が幕を引くときだ。

溜息を押し殺し、琉星は雉真の肩を軽く叩いた。

「三つ数えたら、貴方は僕を好きでたまらなくなります。では、カウントを終えたら目を開けてください。三、二……」

自ら死刑宣告を下す気分で、「一」と琉星は囁いた。

雉真がゆっくりと瞼を上げる。獲物を見定める獣のような半眼に背筋が寒くなった。実際この後は肉食獣さながら琉星の臓腑を解体し始めるのだろう。

震える両手を雉真の肩からそっと離すと、突然雉真が琉星の手首を摑んでひとつにまとめた。強い力で引き寄せられ、デスクの上に身を乗り出す格好になる。早速恐ろしい目に遭うのかと怯えて雉真に視線を向けたが、そこにあったのは予想外の表情だ。

雉真は両目を見開いて琉星を見ていた。唇も薄く開いて、なんだか呆けたような顔をしている。戸惑いつつ琉星が「あの」と声をかけると、それを封じるように強い口調で言われた。

「惚れた」

きっぱりとした声が事務所内に響く。面食らって目を瞬かせたものの、すぐに背後から忍び笑いが響いて我に返った。からかわれているのかと体を後ろに引いたが、雉真はそれを許さない。離れた距離を取り戻すように椅子から立ち上がり、琉星に顔を寄せて囁く。

「頼む、囲わせてくれ」

初めて耳にするタイプの告白だ。即座に理解できずなんの反応も返せないでいると、背後の笑い声がぴたりと止んだ。次いでがたがたと席を立つ音がして、社員二人が社長机に近づいてくる。その間も雉真は琉星の目を見詰めたままだ。

「マンションがいいか一軒家がいいか決めてくれ。この会社の近くだったらすぐ手配できる。身の回りの物も全部俺が用意する」

「しゃ、社長」

「お前の口座も作ろう。生活費は毎月そこに振り込む。携帯も新しい物を買ってやるから、いつでも俺と連絡が取れるようにしておいてくれ。夜は必ず家にいろ。毎晩行く」

「ちょっと社長！　やり過ぎっスよ！」

顔をひきつらせながらもなんとか笑顔を作った社員が割り込んでくる。それでも雉真が琉星から目を離さないと見ると、今度は琉星に突っかかってきた。

「お前、マジで催眠術かけるとか馬鹿か⁉」

「い、いえ僕は、何も」

「何もなくって社長がこんなわけわかんねぇこと言うわけないだろ！　元に戻せ！」

ひとりが琉星の肩を小突いた途端、雉真が目の色を変えた。

「おい、俺の前でそいつに手を出すとはいい度胸だな……？」

琉星から手を離した雉真がゆらりと部下たちの前に立ちはだかる。横顔は本気で怒気を孕んでおり、琉星は後ずさりをした。

囲われるというのはつまり愛人になるということか。わけがわからずさらに一歩下がれば、その拍子にがくんと膝が折れた。

ただでさえ苦手な酒を飲んだ仕事帰りだ。その上身に覚えのない借金を背負わされ、公園で強面の男二人に拉致されそうになり、最終的に雉真に連行され内臓を売られそうになって、完全に腰が抜けていた。

バランスを崩し、体が大きく傾く。異変に気づいた雉真がこちらを向いた。とっさに片手を差し伸べられたがそれを摑むことは叶わず、視界がぐるりと反転する。

後頭部に衝撃が走り、琉星はそれきり意識を手放したのだった。

子供の頃、家の近くに『タコ公園』と呼ばれる公園があった。

正式名称は他にあったはずだが、公園の中央に配置されたタコの形の滑り台が印象的過ぎて、誰も正式名称を使うことはなかった。

タコの足の四本は滑り台になっており、残りの四本は頭の下にある土管を抱え込むように伸びていて、琉星はこの土管の中にいるのが好きだった。

薄暗くて、静かで、誰も来ない。滑り台の他は小さな砂場がポツンとあるだけで、知名度に反してあまり利用者はいなかった。

小学生の頃は、嫌なことがあると土管の中に潜り込んだ。

あの頃のように、琉星は土管の中に座り込んでいる。追い詰められたときのくせで膝を抱え、どうにかしなくちゃ、と繰り返しながら。自分がやるしかないのだから。

暗がりの中で一点を見据えていたら、ふいに背後から肩を摑まれた。振り返るまでもなく背筋にぞっと悪寒が走って、がむしゃらに両手を振り回す。手の甲に何かが当たる。

「痛っ！」

思わず声が出て目が覚めた。

視界一杯にクリーム色の天井。紐(ひも)のついていないシーリングライト。見覚えのないそれらにぎょっとして身を起こすと、体の下でベッドのスプリングが低く軋んだ。

琉星はあたふたと周囲を見回す。ここは寝室だろうか。窓のブラインドは下りているが、外はすっかり日が昇っていた。八畳ほどの部屋の隅にはライティングデスクや本棚がある。ホテルではなく誰かの私室といった雰囲気だ。

ジンジンと痛む手の甲に視線を落とす。寝ぼけた拍子にヘッドボードに打ちつけたらしい。赤くなった手をさすっていると、部屋の扉が軽くノックされた。

扉の向こうから顔を出したのは雉真だ。

不愛想で目つきの悪い男の顔を見たら、昨夜の出来事が一気に蘇った。とっさにベッドに潜り込みそうになったが、それより先に雉真の表情が一変する。

「おはよう。よく眠れたか？」

驚くほど柔らかな声で、雉真は目尻を下げて琉星に尋ねた。

内臓を売る、と言い放ったときの地を這うような声も、寒々しいほど酷薄な目もそこにはない。絶句する琉星の横を素通りしてブラインドを上げると、雉真は笑顔のままベッドの端に腰かけた。

「頭はどうだ？　痛まないか？」

言われてようやく後頭部に微かな痛みが残っていることに気づいた。「多少は」と口ごもりつつ答えると、にわかに雉真の眉が曇る。

「そうか。頭を打って気を失ったから心配してたんだ。今からでも病院に行くか？」

「い、いいえ、そんなお金もありませんし」

「診察費なら俺が出すに決まってるだろう」

当然のように言い放ち、雉真は琉星の後頭部に手を添える。こぶができていないか確かめるつもりかと思いきや、雉真の方に引き寄せられるなり、額に唇を押しつけられた。

　何が起こったのかわからなかった。

　キスをされたのだと理解した瞬間、琉星は猛然と雉真の肩を摑んで後ろに押し返していた。

「雉真さん！」

「すまん、嫌だったか」

「違います、催眠術を解きましょう！」

　同性にキスをされたことより、雉真がまだ催眠術にかかっていることを悟って動転した。自分のような素人の暗示にかかってしまったとはにわかには信じがたいが、かかっているものはかかっている。でなければこんな態度を取るはずがない。

　催眠術をかける前の雉真はもっと冷淡で無情で、琉星になんの興味も示していなかった。少なくともこんなに熱っぽい目で琉星を見なかったし、蕩けるように笑わなかった。

　大変なことになってしまったと青ざめる琉星とは対照的に、雉真は昨日まではなかった大らかさで琉星を笑い飛ばす。

「お前まで催眠術なんて子供みたいなこと言ってるのか。うちの下っ端どもも似たようなこと言って大騒ぎしてたが、かかるわけないだろ、そんなもん」

「じ、実際かかってますよね⁉」

　自覚がないのが一番の問題だ。しかしどうやって暗示を解けばいいのだろう。琉星がかけたのは後催眠暗示。催眠中にかけた暗示が催眠を解いたあと効果を示すものだ。放っておけば解けるものだとテキストにあった気がしたが、違うのか。

「そんなことより、借金の件だが」

肩に置かれた琉星の手を取り、雉真が薄く微笑(ほほえ)んだまま話題を変える。

一瞬で我に返った。催眠術のインパクトが強過ぎてすっかり忘れていたが本題はこちらだ。雉真の会社からいくら借りているのか、金利や返済期限はどうなっているのか改めて尋ねようとしたら、雉真が両手できゅっと琉星の手を握りしめてきた。

「今日からここで暮らさないか？　そうしたら支払いは待ってやる」

昨日までの抑揚乏しい声が嘘(うそ)のように甘い声で雉真が囁く。デスマスクのような仏頂面も取り払い、こうなるとこの男が持つ本来の美貌が際立った。職場の指名ナンバーワンだった尾白ですら裸足で逃げ出す迫力の色気だ。

先輩ホストに指導されている気分に陥りつつ、琉星は体を限界まで後ろに反らした。

「あの、ちなみに、ここは……？」

「会社の三階だ。一階が受付で二階が事務所、三階は俺の自宅になってる。今日は俺の寝室を使ってもらったが、もう一部屋空きがある。片づければすぐ使えるぞ？」

話している最中も雉真は琉星の手を離さない。一見緩く握っているようだが、琉星が少しでも手を引こうとすると指先に力がこもる。逃がすつもりはなさそうだ。

「ここに住んでいる間は恋人特権で利子もつけないでおくぞ」

「こっ、恋人になったつもりはありませんが」

まるで決定事項のような言い草にうろたえて反論してみたが、雅真は機嫌よく笑うばかりだ。

「おいおいなってくれ。手元に置いておけば口説くチャンスも増える。どうだ、お互いいいことばっかりだろう？　利子だって馬鹿にならないぞ？」

琉星は即答できずに黙り込む。口説かれているのか脅されているのか悩むところだが、利子を免除してもらえるのは有り難い。反面、このまま雅真のもとに残れば無事には帰れないだろうことも想像に難くなかった。

終わりのない借金地獄に自ら足を踏み入れるか、はたまた貞操を危険にさらしてでも借金を安く抑えるか。今のところ選択肢はそのどちらかしかない。第三者に泣きつくという考えは端からなかった。

青白い顔で黙り込んでいると、ふいに雅真が琉星の手を離した。

「というのは建前で、今お前を自宅に戻すのは危ない」

琉星の手をそっと布団の上に置くと、雅真は口元に浮かべていた笑みを消した。

「尾白とか言ったか？　お前の知り合いはうち以外にも方々で借金をこさえてる。確認した限り、連帯保証人は全部お前だ。他の会社の連中もお前に支払いを求めてくるぞ。そいつらをひとりで追っ払えるのか？」

昨夜のことを思い出し、琉星はぐっと唇を引き結んだ。夜の公園に連れ込まれ、ほとんど抵抗もできず車に押し込まれそうになった恐怖が今更のように背筋を舐める。

「でも、僕がここにいることがばれたら、貴方の会社に迷惑がかかるのでは……」

萎れそうになる心を奮い立たせて尋ねれば、雉真は大したことではないとばかりに肩を竦めた。

「同業者が来たところで対応には困らない。なんならうちが他の連中との間に入ってやってもいい。利子だの返済期限だの確認しておいてやる」

「さすがにそれは、お手数をおかけしてしまうのでは」

「別に。借用書の確認作業なら慣れてる。さして手間でもない」

些末なことだと言ってのけ、雉真が横目でこちらを見る。

どうする、と視線だけで問われて琉星は喉を鳴らした。これが最後通告だと肌で理解したからだ。ここで琉星が断れば、雉真はきっと食い下がらない。そんな予感がした。

改めて考えるまでもなく、自分ひとりで複数の消費者金融と渡り合えるとは思えない。雉真とてまだ完全に味方とは言い切れないが、単独で行動するよりはこの男に手を貸してもらう方がましな選択に思えた。

「だったら、ご厚意に甘えてしまいますが……」

まだ警戒を拭いきれない低い声で琉星が呟くと、ようやく雉真が目元を緩めた。

「存分に甘えてくれ。好意と言うより下心だ」

雉真が軽く手招きする。長い指先で優雅に宙を掻く仕草に目を奪われ警戒が緩んだ。その隙に指先で顎を捉われ、警戒線を張り直す暇もなく頬に軽やかなキスをされる。

柔らかな感触に驚いて声も出ない。至近距離で微笑まれ、それがあまりに美しい笑みだったので目のやり場がわからなくなる。

早まったのではないか、と冷や汗をかいたが、前言を撤回する暇はなかった。部屋の扉が乱暴にノックされたと思ったら、スーツ姿の男性が室内に入ってきたからだ。

雉真の会社の社員だろう。何やら見覚えのあるボストンバッグを抱えている。

「とりあえずお前の身の回りの物は部屋から持ってきたぞ。一通りこれに入ってる」

早々に社員を下がらせ、雉真は大きく膨らんだバッグをベッドに下ろす。見覚えがあると思ったら、琉星が大学時代から使っていた馴染みのバッグだ。慌てて中を確認すれば、下着や洋服、歯ブラシなど、使い慣れた琉星の私物が入っていた。本来ならひとり暮らしをしているアパートにあるはずの物である。

「ど、どうやって僕の部屋に……！」

「お前が寝てる間に、ポケットに入ってた鍵を借りた」

「それは借りたって言いません！」

琉星の苦言など笑って聞き流し、雉真は「そろそろ朝飯にしよう」と立ち上がる。

案内されたのは寝室の隣にあるダイニングキッチンだった。キッチンの近くにテーブルと椅子が二脚あり、奥にはソファーとテレビが置かれている。

雉真は琉星をテーブルに着かせると、「簡単な物しかないが」と断ってからトーストとゆで卵とヨーグルトを出してくれた。最後にインスタントのドリップコーヒーも淹れてくれる。

普段から食べているものを出してくれたというよりは、琉星のために一から買い揃えたものらしい。食パンやヨーグルトはもちろん、真新しいマーガリンや調理済みのゆで卵まで、全部キッチンに置かれたコンビニの袋から出てきた。

「俺は仕事があるから下にいる。何かあったら声をかけてくれ」

食事の用意を終えた雉真は、琉星の後ろ頭を軽く撫でてから部屋を出て行った。頭を打ったのをまだ気にしてくれているらしい。

ダイニングに残された琉星は、難しい顔でトーストを咀嚼する。

雉真は本気で催眠術にかかっているらしく、今のところ自分に危害を加える様子はない。むしろ手厚く保護されている状態だ。

しかし雉真には下心がある。元々ゲイだったかどうかは知らないが、催眠状態にある今、本来の性的指向は問題にならないのだろう。現に二回もキスをされている。

（キス程度なら問題にもならないけど……）

琉星は同性愛者ではないが、職業はホストだ。好きでもない相手に過剰な身体接触をされたりキスを迫られたりすることは慣れている。むしろ酒臭い客より酒の匂いのしない同性の方がましな気がする辺り、危機感のベクトルがずれているのかもしれない。

（……逃げた方がいいんだろうか）

朝食を終え、汚れた皿を洗いながら琉星は真顔で考える。幸い身の回りの品は雉真の部下がボストンバッグに入れて持って来てくれた。あれを持って行けば、アパートに戻らずとも数日は行方をくらませることができる。

一度ひとりで冷静になる必要があるのかもしれない。そう判断した琉星は後片づけを終えると玄関へ向かった。

ビルの三階はワンフロアがまるまる居住区になっていて、玄関の向こうにはリノリウムの廊下が延びていた。

とりあえず下の様子を探ってみようと足音を忍ばせて階段を下りた琉星だったが、二階に着くや轟いた怒号に身を竦ませた。

「馬鹿野郎、数字の計算もできねぇのか！　ゼロが二つも足りねぇだろうが、返済期限はとっくに過ぎてんだぞ！」

野太い声がびりびりと周囲の空気を震わせる。聞く者の腹の底まで震わせる恫喝には覚えがあった。雉真だ。

事務所の扉が半分開いている。中の様子を窺うと、室内にはスーツを着た男性従業員がひとりと、背中の曲がった老人、それから雉真の姿があった。

社長机に座る雉真の前で、老人は俯いて何事か言い訳めいたものを呟いている。雉真は苛々した様子で煙草を噛み、老人の声を遮るようにデスクを蹴り上げた。重たいデスクが一瞬床から浮いて、老人だけでなく琉星まで息を呑む。

「もういい、御託を並べてる暇があったら金を持ってこい！」

相手が老人だろうが容赦なく返済を迫り、額に青筋を立てて怒号を上げる雉真を目の当たりにして、琉星の顔から一瞬で血の気が引いた。

(催眠術が解けたら、僕もああいう目に遭うのか……)

もういっそ催眠術は解かない方がいいのかもしれない。そんなことを思っていたら廊下に社員が出てきた。琉星の私物を持って来てくれた男だ。琉星を見て胡散臭そうに目を眇める。

「何してんの、こんなところで」

「な、何かお手伝いできることはないかと……」

まさか逃げ出すつもりだったとは言えず適当な言い訳を口にすると、相手はふんと鼻を鳴らして廊下の奥を指さした。

「今から次の客が上がってくるからお茶出して。給湯室はこの奥だから」

社員に不審がられぬよう言われた通り茶を淹れて事務所に戻ると、室内には雉真と若い女性の二人しかいなかった。老人はもう帰ったらしい。琉星に茶を淹れるよう指示した社員の姿もない。この会社に応接室の類はないようで、女性は雉真の机の前に置かれたパイプ椅子に腰を下ろしていた。

琉星はそろそろと社長机へ近寄ると、一礼してから机の上に湯呑を二つ置いた。女性は会釈を返してくれたが、雉真は手元の書類に視線を落として琉星を一顧だにしない。朝とはまるで雰囲気が違う。正直怖い。

窺い見た女性の横顔は青ざめている。彼女も先の老人と同じく返済に困っているのだろうか。年長者にも情け容赦ない督促をしていた雉真だ、この女性にも「風俗に行け」ぐらいのことを言い出しかねない。

はらはらしつつ社長机から一歩離れると、雉真が手にしていた書類を机に放り投げた。

「アンタは消費者金融じゃなく市役所に行け」

乾いた紙の音に雉真の淡々とした声が重なり、俯いていた女性が緩慢に顔を上げた。琉星からその表情は見えないが、肩先が緊張で強張っているのがわかる。

「市役所ならもう、行きました。……でも、生活保護の支給は断られてしまって」

女性は借金の返済ではなく融資の相談に来たらしい。再び俯いた女性を見遣り、雉真は大儀そうに頬杖をついた。

「生活福祉資金は？」

「……なんですか、それ」

「アンタみたいな低所得者向けに金を貸してくれる制度だ。この年収なら貸付対象だろ」

雉真はデスクの引き出しから資料を出して女性に渡す。市の配布物らしい。制度について女性に簡単な説明をしている。

老人に対してはけんもほろろな態度だったが、女性に対しては紳士的に振る舞えるのか、と若干見直したところで、雉真の眉間に深いシワが寄った。

「調べる前にこんな場所までのこのこ来やがって……もう少し確認してから来い」

「で、でも、市役所に行ったときはこんな制度紹介してもらえなくて……」

「当たり前だろうが。市役所に一日何人の人間が来ると思ってんだ。お客様じゃねぇんだぞ、必要なことは自力で調べろ。制度の名前まで出してようやく動くんだよ役所の人間は。もっと粘れ、安易に金貸しを頼るな、最後は風呂に沈められるぞ！」

だんだんと口調が速くなってきたと思ったら最後は怒鳴り声になって、雉真はやっぱり机を蹴り上げた。老若男女関係なく仕事中はこんな態度らしい。

女性があたふたと事務所から出ていくと、雉真は深い溜息をついて琉星を見遣った。

「どうした、何か必要な物でもあったか」

まだ少し険は残っているものの、女性と喋(しゃべ)っていたときより格段に落ち着いた声で尋ねられ、琉星はおっかなびっくり雉真の机に近寄った。

「何かお手伝いをと思ったんですが……。いつもあんな調子なんですか？　あんなに怒鳴ってたら、お客さん来なくなりますよ?」

「こんな場所、来なくて済むなら来ない方がいいだろう」

琉星の淹れた緑茶に口をつけ、雉真は予想外に真っ当なことを言った。女性が残した湯呑を盆に載せ、琉星は思ったことを素直に口にする。

「消費者金融って、お金を借りに来た人には片っ端から貸してあげるんだと思ってました」

「そういう店が多いのは否定しない。でもうちは必要があれば貸すし、なければ貸さない。クリーンな金貸しなんだよ」

「それで仕事になるんですか?」

湯呑に口をつけたまま、雉真は器の縁から瞳だけ覗かせて笑う。

「当然。貸した金に関してはきっちり利子をとるからな。こちとら慈善活動じゃないんだ。相手が老い先短い爺さんだろうが容赦しないぞ」

笑っているが目が本気だ。クリーンと言いつつやっぱり消費者金融は恐ろしいなと、琉星は引き攣った笑みを返した。

その後すぐに新しい客がやってきて、琉星はそのまま事務所の仕事を手伝うことになった。なんでも事務所は空前の人手不足らしく、他にも電話応対だの簡単な書類の整理などを頼まれた。

雉真は返済期限の延長を求めて来店する者に容赦なく罵声を浴びせ、店まで来る勇気のない者には電話をかけて追い詰め、それでも捕まらない者には部下をけしかけ返済を迫った。

新規の客は丁寧に書類審査を行う。あっさり貸しつけるときもあれば、断ることもあった。断るときは大概きちんとした理由がある。それも返済が見込めないからという理由ではなく、他に手立てがあるからと追い返すことがほとんどだった。

仕事の合間に聞き耳を立ててみれば、言動こそ乱暴なものの雉真は筋の通らないことをひとつも言っていない。

ただし、最初に定めた返済期限を超過した者に対しては慈悲の欠片もない。返済を求める電話口では恐ろしい言葉が地鳴りのような声で繰り返される。多くが今日中に一円でも持ってこなければ内臓を売られるか漁船に売られるか二択の者ばかりだ。

レパートリー豊富な脅し文句の数々に最初はびくびくしていたが、半日も事務所にいれば幾らか慣れた。事務所の窓の外が夕暮れに染まり始めると、琉星は手元の書類をまとめて雉真の机に向かう。

「雉真さん、僕そろそろ……」

「ああ、上に戻るか？　悪いな、手伝わせて。一階は八時には閉めるし、俺も九時には戻る。夕飯は適当に……」

「いえ、もう出勤の準備をしないと」

パソコンの画面に戻りかけていた雉真の視線が、跳ねるように琉星に戻ってきた。

「出勤って、ホストクラブか?」

琉星が頷くと、雉真は目元を険しくして「行くな」と言った。

「昨日店から出るところを狙われたのを忘れたのか? 今頃店の前は他の金貸したちがうろうろしてるはずだ。危ないだろう」

「でも、今月のシフトはもう決まっていて」

「休め。俺から店に連絡してやる」

言うが早いか雉真はデスクの上の携帯電話を取り上げる。耳元に電話を押しつけると、横目で琉星を見てうっそりと笑った。

「心配するな、あそこの店長には少しばかり貸しがある」

消費者金融の社長に借りがあるとは、店長もどんな危ない橋を渡っているのだろう。店長の行く末を案じているうちに電話がつながったようだ。ものの数分で会話を切り上げ、雉真は携帯電話をデスクに放り投げた。

「今日からしばらく休んで問題ないそうだ」

「でも雉真さん、仕事に行けないと当面の借金が返せないんですが……」

「返済は待ってやる」

「雉真さんから借りてる以外にも返さないといけませんし、僕の生活費も必要です」

当面雉真のもとで世話になるのはいいが、その間もアパートの賃貸料や光熱費の基本料金は払わなければいけない。生真面目な顔で琉星が食い下がると、雉真は呆れたような溜息をついた。

「優等生め。いい加減他人に頼る術を知れ」

「もう十分頼ってます」

「どこがだ。——わかった、酌がしたいなら俺にしろ。バイト代は出す」

琉星の言葉を遮るように雉真が口早にまくしたてる。後はもう質問を差し挟む時間すら与えられず事務所を追い出され、琉星は不承不承三階に戻るしかなかった。

夜の八時を過ぎる頃、事務所の人間がコンビニの袋を抱えて三階にやってきた。袋の中に入っていたのは、琉星の夕食だろうコンビニ弁当がひとつと、ピーナッツなどの乾物が数種類、それからロックアイスとウィスキーの瓶だった。雉真は本気で琉星に酌をさせるつもりらしい。

雉真が三階に上がってきたのは更に遅く、夜の九時を回った頃だった。琉星はソファーでぼんやりとテレビを眺めていたが、家主が仕事を終えて帰ってきたのに寛いでいるのも気が引けて玄関まで出迎えた。

「お帰りなさい」

靴を脱いでいた雉真がのそりと顔を上げる。今日も全身黒尽くめで死神めいた雰囲気を漂わせる雉真は、蹴り飛ばすように靴を脱いで部屋に上がると問答無用で琉星を胸に抱き込んだ。

「恋人気分をすっ飛ばしていきなり新婚気分だな」

仕事中とは違う、甘ったるくて嬉し気な声で囁かれる。頭のてっぺんに頬ずりされて逃れようとしたが、両腕で固く拘束されて身じろぎもできない。

頬にキスをされるくらいならたじろがなかった琉星もこれには焦った。女性客ならどんなに強引に迫られても対処できたが、相手が同性となるとそうはいかない。自分より一回りも大きな体に抱きしめられるのは初めてで、足元から焦りとも恐怖ともつかない感情が這い上がってくる。

なす術もなく硬直していると、大きな手で後ろ頭を撫でられた。

「昨日打ったところは痛まないか？　飯は足りたか？　寒くないか、エアコン入れるか？　何か必要なものがあったら言ってくれ。なんだ、やっぱりこぶになってるな。氷枕作るか？」

琉星の後頭部を撫でながら雉真は次々と質問を投げかける。頭を撫でる手はどこまでも優しく、強引に抱きしめられはしたものの、本気で嫌がればすぐに離してくれるだろうと素直に思えた。

とんでもなく大事にされている。そう理解した途端、琉星の足首を摑んでいた焦りや恐怖がするりとほどけた。代わりに押し寄せてきたのは、わけのわからない羞恥心だ。催眠術にかかっているとはいえ、こんなにも明け透けな好意を寄せられたのは初めてでうろたえた。

「お、お酌の準備をしておきました！」

裏返った声で琉星が叫ぶと、雉真は「ありがとう」と琉星の髪に唇を落とした。蜜月の恋人同士のようで琉星の顔は赤くなる一方だ。

平常心を取り繕い、琉星は手早く酒の準備をする。ソファーに座った雉真の前にグラスや酒を並べると、軽く眉を上げられた。

「グラスはひとつなのか？　お前の分は？」

「僕は飲めないので」

「……そういやそんなこと言ってたな。下戸だったか」

琉星は曖昧に笑ってロックのウィスキーを差し出す。無理をすれば飲めないわけでもないのだが、どうしても酒の匂いは好きになれない。

「ホストなんてやめて別の仕事にしたらどうだ？　お前がこうやって誰かに酒を注いでると思うと、俺も心穏やかでいられない」

雉真はグラスも取らずに体を傾け、琉星の首筋に鼻先を寄せてくる。肌に熱い吐息が触れ、琉星はソファーの上でバウンドしながら雉真と距離をとった。

「ぼ、僕だって、すす、好きでやってるわけじゃないので！」

「じゃあなんでホストなんて始めたんだ？」

開けたはずの距離をまた詰められる。動転して声も出なくなった琉星を見て、ふっと雉真が目元を緩めた。

「酒の肴にお喋りしてくれ。その間は不用意に触らない」

グラスを手に取り、雉真は空いている方の手をひらひらと振ってみせる。会話が身の安全を保障してくれるなら安いものだと、琉星は咳き込むような口調で答えた。

「本当は僕、臨床心理士を目指してたんです」

そのつもりで大学は臨床心理士の試験資格を取得できる学校を選び、卒業後は下宿先の近所にあった個人経営の心療内科でアルバイトを始めた。そうやって実務をこなしながら資格をとるべく勉強をしていた琉星だが、試験当日の朝、突然の腹痛に見舞われ病院に搬送された。急性虫垂炎だった。

琉星が勤めていたクリニックの院長夫婦は「また来年頑張りなさい」と慰めてくれ、もう一年アルバイトとして琉星を雇ってくれるとも約束した。しかしその矢先に、今度は過労で院長が倒れてしまったのだ。

手短に経緯を語り、琉星は小さな溜息をつく。

「院長は七十歳を超えているし、奥さんにしばらく休んでと泣きつかれて病院を一時閉めました。二人とも僕が臨床心理士の資格を取ったらまた病院を開けると約束してくれましたが、それまでどうやって食いつなげばいいのかわからなくて……」

「それでホストか。親に頼るって選択肢はなかったのか？」

グラスの氷をからからと回す雉真を横目に、琉星はもうひとつ溜息をついた。

「実家には、ちょっと帰りにくかったんです。母が再婚して、義父と一緒に暮らしているもので……。義父には学費を出してもらって院まで行ったのに、就職先も見つけられないのかと落胆させてしまうのは避けたくて」

ふぅん、と鼻先で呟いて、雉真はグラスへ視線を落とす。

「義理の父親の心証を悪くしたくなかったわけだ」

「まあ、そうですね……」

「お前に対する心証じゃなく、母親に対する心証だな？」

琉星は弾かれたように顔を上げる。雉真の言葉が的を射ていたからだ。

失業したことや急病で試験を受けられなかったことを実家に報告できなかったのは、自分を育てた母が義父の隣で肩身の狭い思いをするのではないかと、それだけを心配したからだった。

なぜそんなことがわかるのだと雉真を凝視していると、横顔で笑われた。

「お前はそういうタイプだろう。自分を取り繕ったりよく見せたりしようとしない。最初に会ったとき、売れないホストだって真っ先に打ち明けてきたくらいだからな」

「雉真さん……もしかしてカウンセラーに向いてるんじゃ？」

よく他人の話を聞いているものだと感心していたら、雉真がゆっくりと琉星に顔を向けた。

「惚れた相手の話だからな。聞き逃すのは惜しい」

雉真の唇に薄く笑みが乗る。予想外に優しい笑みを向けられ、琉星はとっさに片手で胸を押さえた。

雉真が琉星の言葉に熱心に耳を傾けてくれるのは暗示のせいだ。わかっていても、他人から興味や関心を向けられるのは嬉しいもので、頭より素直な心が飛び跳ねそうになる。琉星は胸元を押さえたまま急いで話を元に戻した。

「そ、それで、困っていたら偶然尾白に会ったんです。尾白は高校時代の同級生で、つい懐かしくて近況報告をしていたら『割のいいバイト紹介してやるよ！』って……」

接客業という説明を鵜呑みにして、面接の時点で初めてホストの仕事と知った。酒は飲めないからと断ろうとした琉星を、店長よりも必死になって引き留めたのは尾白だ。

指名ナンバーワンの尾白はよく他のホストと衝突するらしく、そのたび相手のホストが辞めてしまって店は慢性的な人手不足に陥っていた。店長も稼ぎ頭の尾白を辞めさせるわけにはいかず、しかし新しいスタッフを募集する時間も金もなく、尾白に誰か適当な人材を見繕ってこいと言ったらしい。

「俺を助けると思って、頼む！」と両手を合わせて懇願され、断り切れず渋々承諾したのが運の尽きだ。

「無理やりホストにされただけでなく、連帯保証人にされるとは思いませんでした……」

「踏んだり蹴ったりだな」

人が良過ぎる、と雉真は笑ったが、琉星はしっかりと首を横に振った。

「本当のお人好しは、催眠術なんてかけて借金の支払いを待ってもらったりしないと思います」

雅真は横目で琉星を見下ろすと、グラスに残っていたウィスキーを一息で飲み干した。無言で空のグラスを突きつけられ、琉星はボトルを開けながら決然とした声で言う。

「雅真さん、やっぱり催眠術は解きましょう」

琉星に酒を注がれながら、雅真は溜息にもならない息を吐いた。

「そんなもんかかってない」

「かかってないなら解いたって構いませんよね。何も変わらないんですから」

「……俺の気持ちを疑うのか？」

雅真の声が低くなる。ギッとソファーが軋んで、大きな体が傾いてきた。

雅真の目は真剣だ。疑うな、とひたむきに琉星を見詰めてくる。

上手く返事ができないでいると、雅真の眉間にシワが寄り始めた。だがその顔は、怒っているというよりはむしろ、拗ねているようにも見える。

琉星より年上で、金融会社の社長なんてやっている厳つい男が必死でこちらの気を惹こうとしている。一瞬だが本気でほだされそうになり、琉星は慌てて声を大きくした。

「それも全部催眠術のせいですから！」

頑なな琉星の態度を見て、雅真は諦めたようにソファーに背を預けた。

「催眠術だったとしても、お前にとってはかかってた方が好都合だろう。どうして解く必要がある。なんだ、お前に惚れてる男とひとつ屋根の下で眠るのが怖くなったか？」

そういうわけでは、と否定しようとして思い留まる。

男の自分が押し倒される、という状況が実感できずあまり深く考えていなかったが、雄真との体格差は歴然としている。無理やり組み敷かれたらまともな抵抗などできないだろう。

まずこの男は自分を押し倒す気があるのだろうか。びくびくと雄真の顔色を窺えば、琉星の胸の内を読んだかのように苦笑を返された。

「心配しなくてもいい。何もしない。無理強いするのは趣味じゃないからな」

琉星は雄真の顔を無言で見詰めてから、無意識に胸に抱いていたウィスキーのボトルをテーブルに戻した。

「その言葉は、信じます」

雄真が自分の欲望を優先させる人間なら、昨日の時点で好き勝手食い散らかされていたはずだ。雄真は自分に危害を加えない。それは信じる。

「でもやっぱり、催眠術は解きましょう」

琉星は雄真に膝を向け、熱心に訴えた。

「僕の催眠術が今後貴方にどう作用するかわかりません。万が一僕以外の顧客の支払いも優遇するようになったら、会社の経営にも関わってきます。貴方だけの問題じゃありません、社員の皆さんの生活もかかってるんですよ」

雅真は琉星を眺めながらウィスキーを口に含み、目元にゆっくりと笑みを上らせた。

「五百万の借金を抱えてる人間が、他人の心配してる場合か?」

悔しいけれど正論だ。返す言葉もない琉星を横目で見て、雅真はグラスをテーブルに置いた。

「まあ、そこまで言うなら好きにしろ。端(はな)から催眠術なんてかかっちゃいないが」

本気で催眠術を信じていないのか、雅真はこだわりなく琉星の申し出を受け入れ、ソファーに深く腰掛けた。

腹の辺りで指を組んだ雅真の前に立つと、琉星は中腰になって雅真の肩に両手を置く。

「その体勢きつくないか?　なんなら膝に乗ってくれても構わないぞ?」

「だっ、大丈夫ですから目を閉じてください」

雅真は唇に笑みを含ませたまま目を閉じる。鋭い眼光が瞼(まぶた)で遮られると威圧感が薄れた。無造作に後ろに撫でつけられた前髪が額に落ちて、男の色気を感じさせる。

「……それでは、体の力を抜いてください」

端整な顔に見惚(みと)れてから、琉星は催眠術を解き始める。最初に暗示をかけたときよりも念入りに催眠誘導を行うと、今回も雅真はあっさり催眠状態に陥った。元来かかりやすい体質なのかもしれない。一通りの手順を終え、「貴方にかかった暗示は全て解ける。僕を好きではなくなる」とはっきり暗示を解除する。

「では、目を開けてください」

雉真がゆるりと瞼を上げる。その下から現れた瞳にはなんら感情がこもっていない。初対面のときと同じ目だ。

無言で冷淡な眼差しを向けられると、以前雉真がまとっていた不穏な空気がいっぺんに蘇った。これは暗示が解けたのだろうか。ということは。

（もしかして、今この瞬間から取り立てが再開されるとか？）

正直そこまで考えていなかった。また内臓を売るか漁船に売られるかの二択を迫られるのかと震え上がったところで、雉真ががらりと表情を変えた。

「やっぱり何も変わらないぞ」

目元に笑みを浮かべた雉真に、片手で頬を撫でられる。温かな掌は優しく琉星の頬を包み込んで、まだ暗示は解けていないらしいとわかったら膝から力が抜けた。

「と、解けませんでしたか……」

落胆と安堵が入り混じり、琉星はラグの敷かれた床に膝をついた。正直言うと安堵の方が大きかったが、暗示を解かないわけにもいかない。琉星は床にへたり込んだまま、雉真の膝に手を置いて顔を上げる。

「一度病院に行きましょう。素人の不完全な処置だから解けないのかもしれません」

「強情だな。催眠術なんてかかってないって言ってるだろうが」

「かかってるんですよ！　自覚がないのが問題なんです！」

「だったら、暗示を解くんじゃなくて上書きするのはどうだ？　お前を好きになるっていう暗示の上に、嫌いになる、なんてかけることは？」

琉星の髪を指先で梳(す)きながら雉真はのんびりと尋ねる。癇癪(かんしゃく)を起こした子供をなだめるために話を合わせるような口振りだ。

雉真が隙あらば体に触れてくるので、すでに頭を撫でられる程度では動揺しなくなっている琉星は、床に座り込んだまま思案した。

「できなくはないと思いますが……催眠術の上書きはあまり勧められません。ただでさえ僕は素人ですし、複雑なことをすると一生暗示が解けなくなる可能性もあります」

さらさらと髪を梳く雉真を好きにさせていると、その手がするりと移動して琉星の顎に伸びた。指先で上向かされ、雉真に目を覗(のぞ)き込まれる。

「そりゃ困るな。この気持ちが二度と戻ってこなくなるのか」

呟きながら、雉真が愛(いと)し気に琉星の喉を撫でる。瞬間、琉星の胸の内側で心臓が花開くように大きく膨らんだ。

大柄で迫力の美貌を持つ男から、こんなふうに好意を示す言葉や態度が惜しみなく降ってくる。男の自分でもどきりとする光景だ。

少しばかり目つきが悪いのは否めないが、雉真は整った顔立ちをしている。野性味あふれる色気もあるし、この手の男に強く惹かれる女性は多いだろう。それなのに、今その愛情を一身に受けているのは琉星なのだ。

(暗示にかからなければ、僕なんて見向きもしなかっただろうに……。そもそも男性とどうにかなるタイプには見えないし)

胸にちくりと痛みが走る。もやもやとした罪悪感、にしては鮮烈な痛みに琉星は目を瞬かせた。

無自覚に雅真を見上げると、また優しい笑みを向けられた。事務所の社員にも、顧客にすら向けない顔を独占していると思うと今度は胸が苦しくなる。まともに雅真の顔を見返せない。

これは一体なんだろう。立ち上がることも忘れ考え込んでいたら、喉元を撫でる雅真の指が移動して琉星の耳裏に回ってきた。

「上書きじゃなく、先にかかってる暗示とは関係のない内容ならいくつでもかけられるのか?」

「は、はい、多分……」

くすぐったさに直前までの考えが霧散する。胸の苦しさを理解できずに困惑していると、雅真に頭を撫でられた。

「だったら好きにかけてくれ。自分を狙ってる男と一緒に暮らすのは怖いだろう? お前の部屋には入れないようにするとか、こうやって気安く触れないようにするとか、気の済むまでやってくれていい」

琉星の頭を一頻(ひとしき)り撫で回すと、雅真は満足したようにソファーへ背を預けた。

どうぞとばかり目を閉じられ、琉星は慌てて身を乗り出す。

「かけません、これ以上暗示なんて」

雅真が片目を開ける。意外そうな顔だ。

「俺はそんなに人畜無害に見えるか？」

「そうは見えませんが……あ、いえ、悪口ではなく」

「だったら、俺に押し倒されても対処できる自信があるのか」

「それは……や、やられっぱなしだとは思うんですが」

自分より体格の勝る男に秋波を送られ、ひとつ屋根の下に暮らすことに不安がないわけではない。けれど本気で無体を働こうとしている相手が、こんな提案をしてくれるとも思えない。

「雅真さん、悪い人ではなさそうなので……」

無理強いなんてしないでしょう、と続けようとしたら、雅真がぱちりと両目を開いた。

片腕が伸びてきて琉星の胸倉を摑(つか)む。引き寄せられ、あっという間に雅真の顔が目前まで迫った。

「お前はガードが甘過ぎる」

唇に息がかかって、声も上げられないうちにキスをされた。

押しつけられた唇は少しかさついて、直前まで飲んでいたウィスキーの匂いがした。いつもなら酒の匂いに顔を顰めるところだが、今回ばかりは表情筋を動かす余裕もない。

雅真は唇を離すと、目を丸くする琉星を見下ろして喉の奥で笑った。

「もう少し疑え。本物の悪人かもしれないぞ？」

雅真は琉星の胸倉を掴んでいた手を離すと、乱れた襟元を指先で整えてやって立ち上がる。

「少し出かけてくる。悪いが今夜も俺の部屋で寝てくれ。明日にはお前の部屋を用意する」

膝立ちになっていた琉星はぺたんと床に尻をつき、はい、と掠れた返事をすることしかできない。雅真が部屋から出て行ってしまうと、ようやく頬に赤みが差した。

「あ、あれ……？」

これでも琉星はホストだ。客の要望に応え、相手の頬や額にキスをするくらいのことはやってきた。しかしさすがに唇にしたことはない。客相手にも、それ以外にも。

（今の、ファーストキスだったのでは……）

テーブルに残されたグラスの中で、氷ががらんと音を立てて崩れた。


紆余曲折あったものの、身に覚えのない借金を背負わされた琉星は雅真の事務所で世話になることになった。

事務所で寝起きをするようになってからすでに一週間。ホストのバイトは事態が落ち着くまで長期休暇だ。

一度だけ雉真の目を盗んで店まで行ってみたが、雉真が危惧した通り店の前には強面(こわもて)の取り立て屋がうろうろしており出勤は諦めた。自宅アパートの前も同様の有り様で、情けないとは思いつつすごすご事務所に戻るより他ない。

事務所の三階には琉星の部屋が用意された。物置として使われていた部屋は余計な荷物が運び出され、入れ違いにパイプベッドとキャビネットが運び込まれた。

最初こそ雉真にファーストキスを奪われたことを意識して落ち着かなかった琉星だが、雉真は意外なほど紳士的だった。強引に口説くような真似(まね)はしない。毎日機嫌よく琉星を甘やかし、わずかな接触でも満足したように笑う。唇にキスをされたのも一度きりだ。琉星の頬を撫で、肩を抱き、髪に唇を押し当てては幸せそうに目元を緩める。

挙句、朝は毎日温かい飲み物を持って琉星を起こしに来てくれる。寝込みを襲うわけではなく、ベッドの端に腰かけて「おはよう」と布団の上から琉星にキスをするのだ。今朝はココアを持ってきてくれた。甘い。ココアも雉真も甘すぎる。

(暗示のせいで、完全に頭のねじが飛んでいる……)

事務所の二階でパソコンを睨(にら)み、琉星は人知れず嘆息する。

ホストクラブに出勤できなくなった琉星は、現在雉真消費者金融でアルバイト中だ。借金返済のために今すぐ新しい職場を探したいと雉真に訴えたところ「だったらここで働け」とあっさり採用が決まった。

雉真の会社は人手不足が極まって、近々臨時社員を雇うつもりでいたらしい。ならばきちんとした人材を確保した方がいいのではないかと助言したが、「忙しいのはイレギュラーな仕事が入ったせいだ。それもすぐ片づく。短期で必要なんだ」と言い含められてしまった。どこまで本当かはわからない。

仕事は電話の応対がほとんどだ。気性の穏やかな琉星に厳しい取り立ては難しいので、主に新規顧客からの相談などを受けている。引きも切らずに電話が鳴るので、案外仕事は忙しい。

夜は雉真の酌をしてバイト代をもらっている。店に出ていたときのように無理して会話を弾ませるわけでもなく、ただただグラスに酒を注ぐだけだが、雉真は毎日嬉しそうだ。悪酔いして絡むことも、強引に迫ってくることもなく静かに酒を飲んでいる。店にこんな客が通ってくれたら相当の上客だ。

「そういや、そろそろバイト代を払わないとな」

いつものようにリビングで雉真の晩酌につき合っていると、急に雉真が立ち上がって部屋を出た。戻るなりソファーに腰を下ろし、茶封筒をテーブルに置く。

「週払いでよかったか？　日払いがよければそうするが」

「いえ、週払いどころか月払いでも全然……」

問題ない、と言おうとしたのに声が詰まった。投げ出された茶封筒がとんでもない厚みを持っていたからだ。

琉星は唖然とした顔で茶封筒を見て、雄真を見上げ、もう一度茶封筒を見る。封筒の口から中が見えた。札束が入っている。大問題だ。

「雄真さん、これ、時給いくらで計算してるんですか⁉」

「ごく一般的な金額だ。夜のバイト代には多少色をつけてるが」

「晩酌してるだけですよ⁉　一緒に飲むこともできないのに……！」

「申し訳ないと思うならもう少しサービスしてくれ」

グラスを持っていない方の手を伸ばし、雄真が琉星の肩を抱き寄せる。髪に鼻先を埋められ、頭皮に温かな息がかかって飛び上がった。自分より一回り大きな体に抱き込まれるのは未だに慣れず、心臓が妙な具合にリズムを崩す。

「ぼ、僕は真っ当にお金を返したいんです！」

うろたえて身をよじっても雄真の腕は緩まず、それどころか、後ろ髪にするりと長い指が絡む。

「俺の恋人になれば全額チャラだぞ？」

首の後ろにさらさらと髪が落ちて背筋に震えが走る。それを振り切るように琉星は声を荒らげた。

「貴方は催眠術にかかっているからそういうことを——！」

言葉の途中で胸に痛みが走って声が詰まる。最近よくあるのだ。雉真は催眠術にかかっているだけだと言い聞かせるとき、どうしてか胸の奥が鈍く軋む。

琉星はごくりと息を呑んで痛みをやり過ごすと、声のトーンを幾分落とした。

「それに、たとえ貴方が恋人だったとしても断固拒否します。そんなの返したことになりません。自分でやらなくちゃ、意味がない」

琉星は敢然と雉真を見上げる。綺麗ごとのように聞こえただろうか。でも本心だ。

雉真は琉星の視線を受け止め、ゆったりと目元を緩めた。

「そうは言っても、借金の総額がいくらかわかってるか？　五百万だぞ。本来お前が払うべき理由もないのに」

五百万、と言葉にされると胃の腑がずんと重くなる。簡単に返済できる額でないことは琉星だって重々承知だ。

本当のことを言うと、怖い。返す当てなどひとつもないのだ。自分が借りたわけでもない借金で人生が狂うのかもしれないと思うと理不尽な怒りも感じる。

だとしても、ここで雉真の言葉に甘えてしまったら尾白と同じだ。自分の負うべき責務を他人に押しつけ逃げるのは嫌だった。

「払います。尾白の連帯保証人になってしまったのは僕自身の落ち度ですから」

雉真に頼りたくなる弱い気持ちを振り切って告げれば、琉星の後ろ髪を弄(もてあそ)んでいた指が首筋に滑り落ちた。

「惚れ直すほど男前だな」

雉真の指がシャツの襟の中へ潜り込む。背骨を熱い指でなぞられて息が止まった。微弱な電気のようなものが背筋を走って腰骨に到達する。唇を開いたものの声が出ない。

硬直する琉星を見下ろし、雉真が声を低くした。

「男前なお前にいいバイトを紹介してやる。日当十万だ」

爪の先で軽く肌を引っ掻(か)かれ、琉星は呪縛から解けたように肩先を跳ね上げ雉真から距離をとった。

「じっ、十……!?」

心臓はどきどきと落ち着かなかったが、日当十万という言葉は聞き捨てならない。本当ならとんでもなく割のいい仕事だが、給料が高いということはそれなりに内容もハードなはずだ。治験ぐらいしか思い浮かぶ仕事がなかったが、琉星は声を潜めて「なんですか……?」と尋ねる。

危ない仕事であることを自覚しながらも食いついてきた琉星に、雉真は上機嫌で言い放った。

「俺と一日デートしろ」

なんだ、冗談か、と思ったら雉真は大真面目だったようで、翌日二人は本当にデートをすることになった。

日曜で事務所が定休日だったこともあり、遅めの朝食を済ませて事務所を出る。雉真の車に乗り込み、やって来たのは車で三十分ほどの場所にある大型ショッピングモールだ。

併設された映画館のチケット売り場を眺めて歩いていたら、数歩前を行く雉真がふいに立ち止まった。

「何か気になるものでもあったか？」

「いえ……あの映画、ネットでちょっと話題になってたので、面白いのかなって」

「よし、見よう」

琉星の言葉が終わらぬうちに、雉真は方向転換してさっさと映画館に入っていく。そこまで熱心に映画を見たかったわけでもない琉星はうろたえたが、雉真はチケットだの飲み物だのポップコーンだの手早く買うと、有無を言わさず琉星を座席まで連れ込んでしまった。ちなみに支払いは全額雉真持ちだ。

動揺しながらも見た映画は、思いがけず面白かった。コメディタッチの作品で、時々客席から笑い声が上がる。そういうときは隣に座る雉真も低い声を立てて笑っていて、この人でも架空の物語を見て笑うんだな、と場違いに感動した。

映画館を出た後はレストランで昼食をとり、ショッピングモールで琉星の日用品を買った。当然自分で買うつもりだったが、琉星がもたもたと財布を出している間に雅真にカードで支払われてしまった。隙が無い。

一度荷物を車に置き、ショッピングモールの外へ出る。ファミリー層を意識してか、モールの周囲には芝の敷かれた広場や公園などが多くあった。

公園の近くにコーヒーの販売車が停(と)まっていて、「少し休むか？」と雅真がコーヒーを買ってくれる。紙コップから立ち昇る豆の香りを胸一杯に吸い込んで、ようやく琉星は現状に疑問を覚えた。

(なんか凄(すご)く普通のデートだな!?)

日当十万円の仕事と聞いて身構えていたのに、拍子抜けするほどのどかなデートだ。その上支払いは全て雅真が済ませている。

コーヒーを飲みながら歩き出した雅真を追いかけ、琉星は必死で雅真と歩幅を合わせる。背の高い男なので、大股で歩かないとすぐ置いていかれてしまうのだ。

「あの、今日のこれ、なんですか？」

「何って、デートだ。日当十万円の」

「こんなことで十万円なんてもらえません！」

「一日好きにお前を振り回してるんだ。十万ぐらい妥当だろう」

琉星を見下ろし、雉真は唇の端で笑う。

振り回していると言いつつ、雉真は琉星の顔色をよく見ている。琉星が興味を引かれて目を向けたものを一緒に眺め、必要ならば率先してそちらに足を向け、自分のしたいことより琉星のしたいことを優先しているのは傍目にも明らかだ。

それに今日は、朝から煙草も控えているらしい。

レストランは禁煙だったので食後に喫煙ルームに行くよう勧めたのだが「お前はどうするんだ」と顔を顰めて行こうとしない。琉星は煙草を吸わないのでどこかで待っていようと思っていたのだが、その間琉星と離れるのが嫌なようだ。

一緒に暮らしているのに時間を惜しんで側にいたがるなんて、なんだか本物の恋人同士のようで照れ臭い。催眠術のせいだとしてもそわそわする。

ここまで気を回してもらっておいて十万なんて大金をどうして受け取れよう。そのようなことを琉星が滔々と述べると、雉真は呆れ交じりの溜息をついた。

「相変わらずクソ真面目だな。気が引けるならサービスのひとつもしてくれ」

「サービスって、ど、どんな……」

言い終えるより先に、空いている手を雉真に摑まれた。互いの掌を合わせ、するりと指を絡まされる。

「これでいい」

まだよく状況が摑めていない琉星を見下ろし、雉真は猫のように目を細める。

一拍置いてから、いわゆる恋人つなぎをしていることに気づき顔が熱くなった。

すでに夕暮れ近い時間帯とはいえ、ショッピングモールの周辺にはまだたくさんの買い物客がいる。すれ違う人の中には、男同士で手をつなぐ琉星たちにあからさまな好奇の視線を向けてくる者もいるが、当の雉真は平然としたものだ。手をつないだまま堂々と公園に入っていく。

催眠術が解けたとき、雉真は術中のことを覚えているだろうか。覚えていたら自分で自分を殺しかねない。かなり本気で心配していると、公園の片隅で子供の泣き声が上がった。

火がついたように泣き出したのは三歳くらいの男の子だ。周囲に親兄弟と思しき姿はない。迷子だろうか。公園内にいる人たちも気がついて子供に目を向けるが、すぐに駆け寄るべきか否か躊躇しているようで誰も子供に近づこうとはしなかった。

そんな中、周囲の目も気にせず真っ先に子供に近づいたのは雉真だ。子供の傍らで立ち止まり、「迷子か?」などと声をかけている。予想外の行動に驚き、琉星は雉真の背中を凝視した。

(……意外だ。子供なんて見向きもしないような顔してるのに)

そんなことを思っていたら、公園に響き渡る子供の泣き声が大きくなった。

どうやら子供は、長身で強面の雉真に見下ろされて恐慌状態に陥ってしまったらしい。その上雉真は全身黒い服など着ているので威圧感も尋常でない。子供は天も裂けよと泣き叫ぶし、園内の大人たちも「ヤバい輩が子供に絡んでいる」と顔面蒼白で雉真を注視している。

幸い子供の号泣は遠くにいた親の耳に届いたようで、すぐに母親らしき人物が駆けつけてきた。さらに、ただ事ではない泣き声に反応して警察官まで公園に駆け込んでくる。

一連の事態を半ば呆然（ぼうぜん）と見守ってしまった琉星は、我に返ると慌てて雅真のもとへ駆け寄った。雅真は悪人ではないと警察に訴えようとしたが、職務質問を受けている当の本人は慣れたもので「ちょっとその辺で待っててくれ」と言い残し警察と共に公園を出て行ってしまう。追いかけることもできず、琉星はコーヒーのカップを手にベンチへ腰かけた。

本格的に日が落ちてきて、公園が茜（あかね）色の日射しに染まり始めた。敷地の中央に置かれたアスレチック遊具から、ひとり、またひとりと子供が出てきて園内が静かになる。

人気（ひとけ）の少なくなってきた公園を眺め、実家近くにあったタコ公園を思い出した。大きなタコに抱えられた土管の中は薄暗く、ひんやりとコンクリートの匂いがして、琉星を他人の視線から隠してくれた。学校で嫌なことがあるたび、持て余す感情を抱えてあの場に逃げ込んだものだ。

ゆっくりと日が傾いて、公園内が暗く翳（かげ）る。

子供たちの笑い声が遠ざかり、琉星は両手で紙コップを握りしめた。コップの中にさざ波が立つ。だが風は吹いていない。琉星の手が震えているのだ。

（嫌だな……いい年して、まだ夜の公園が怖いなんて）

自分を落ち着かせるため大きく息を吐き出したら、後ろからぽんと肩を叩（たた）かれた。

琉星の肩が跳ね上がり、唇の隙間から押し殺した悲鳴が漏れる。素早く振り返れば、背後に雉真が立っていた。

雉真は琉星の反応に驚いたのか目を丸くして、すぐに真剣な表情になった。

「遅くなって悪かった。場所を移すか。夜の公園は嫌いだろう」

「ぼ、僕がですか？　なんでそんなこと……」

雉真は琉星の手元を見下ろし、握り潰して歪（ゆが）んでしまった紙コップを見て痛ましそうに眉を寄せた。

「加賀地（かがち）の従業員に拉致られそうになったとき、お前、半分目をつぶって公園の前を通り過ぎようとしてただろう」

雉真がベンチを回って琉星の前に立つ。身を屈（かが）め、そろりと手を伸ばして琉星の目の下に触れた。

「目をつぶってお化け屋敷を駆け抜けようとしてる子供みたいだった」

核心を衝（つ）かれて声が出ない。

そんなところを見られていたとは知らなかった。でもそれ以上に、自分が何に怯（おび）えていたのか正確に言い当てられて驚く。

琉星は公園が怖い。もっと言うなら、夜の公園が。

雉真はどうしてこんなにも容易（たやす）く、琉星の胸の内側に光を当てて本心を暴いてしまうのだろう。

雉真が琉星の手を取る。「行くぞ」と促され、とっさに雉真の手を握り返していた。冷え切った琉星の手とは対照的に雉真の掌は温かい。

もう少し、この手をつないでいたいと思った。

明るい場所に移動しても雉真は平然と琉星の手を握っているだろうが、琉星からその手を握り返すことは難しい。周りの目が気になって、雉真の指先から伝わる体温すら曖昧になってしまう。

だからもう少し、人気のない公園で雉真と手をつないでいたかった。

雉真はしばらく無言で琉星を見下ろしていたが、最後は何か察したように隣に腰を下ろしてくれた。

ベンチに隣り合って座り、琉星は闇に呑まれていく公園を眺める。

やはり怖いなと思っていたら、雉真がつないだ指先で琉星の手の甲を撫でてきた。宥めるような仕草に体の強張りがほどけ、琉星はゆるゆると息を吐く。

「すみません……。子供の頃公園で、怖い目に遭ったことがあるもので」

「どんな」

尋ねる声は淡々としているが、指先に力がこもった。言葉以上にこちらを案じてくれている。

凍えていた指先に熱が戻るようで、琉星は緊張を緩めるべく息を吐いた。

「小学校の、低学年の頃です。夜の公園で知らない男の人に絡まれたことがあって」

「絡まれたって、何かされたのか」

「それが、よく覚えてないんです」

滑り台の下にある土管に潜り込んだら、中から突然手が伸びてきて、暗がりの中に引きずり込まれた。覚えているのはそこまでで、後の記憶が曖昧だ。子供心によほど恐ろしかったのかもしれない。気がついたら、ひとりで自宅の前に立っていた。

しばらくは公園の前を通ることもできなくなって心療内科に通った。琉星がカウンセラーを目指すきっかけになった事件でもある。

琉星の言葉が途切れるのを待って、雉真が低い声で呟いた。

「……それは、悪いことをした」

悔いるような声音に気づいて琉星は顔を上げる。何に対して謝られたのかわからない。公園で待たされたことだろうか。

考えているうちにつないでいた手をほどかれ、代わりに肩を抱き寄せられた。雉真の方に体が傾き、残り少なくなっていたコーヒーがカップの中で小さく跳ねる。

雉真の肩に頭を押しつけるような格好で後ろ頭を撫でられた。泣いている子供を慰めるようなものだろうか。見た目に反して優しい男であることは今日だけでも十分知れたが、それでもうろたえて動けない。屋外で同性に抱き寄せられたことより、それを嫌がっていない自分に困惑した。

「嫌がらないのか」

琉星の胸の内を読んだようなタイミングで雉真が尋ねてくる。

全身を硬直させていた琉星は、少しためらってからおずおずと雉真に体重をかけた。

「下心はなさそうなので……」

「わからないぞ。相変わらずガードが甘いな」

笑い交じりにそんなことを言いながらも、雉真は琉星の後ろ頭を撫でるばかりで不埒(ふらち)なことはしてこない。夜の公園で琉星の心が波立たないよう、静かに寄り添ってくれている。

雉真は優しい。上手に琉星を甘やかす。

でもそれは、催眠術にかかっているせいだ。

（早く解かなくちゃ……）

催眠術のせいだ、それだけだ、と胸の中で繰り返す。チクチクと痛む胸にわざと針を突き立てるように、何度も何度も。

いつか、雉真に特別優しくしてもらっているこの状況に慣れきってしまうことが怖い。そんな事態を避けるべく、琉星は自身の胸に飽かず針を刺し続けた。

ショッピングモールの近くで夕食を済ませて事務所に帰ると、雉真は早速酒を持ち出して琉星に酌をさせた。「別途バイト料は払う」と真顔で言われて苦笑を返す。

「雉真さんってやっぱりいい人なんですね。晩酌なんてデートに含ませてもいいのに」

「いい人が金貸しなんてやると思うか?」

雉真は鼻で笑って琉星に空のグラスを突きつけたが、思い直したような顔をして席を立った。冷蔵庫を開け、ミネラルウォーターを持って戻って来る。

「今日は水割りにしてくれ」

「珍しいですね。いつもロックなのに」

「お前、酒の匂い苦手だろう? 水で割れば少しは薄まる」

グラスにウィスキーを注いでいた琉星は手を止める。そんな理由で酒の飲み方を変えるのか。そこまで気を遣わなくてもいいのにと、少しくすぐったい気分になった。

「やっぱり、いい人じゃないですか」

「本当にいい人だったらまずお前の前で酒を飲もうとしないだろうが。そう簡単にほだされるな。心配になるぞ」

苦笑しながらグラスを受け取った雉真は、「そうだ」とまた席を立った。

「いつも俺の隣で酒を注いでるだけじゃ暇だろう。面白いもの見せてやる」

そう言って、今度は古ぼけた封筒を持って来る。写真店の名前が印刷された封筒に入っていたのは色褪(あ)せた写真の束だ。

「俺が十七、八の頃の写真だ」

「え、これ、ちゃんとカメラで撮ったやつですか？」

「カメラと言っても使い捨てカメラだ」

写っていたのは人気のない夜の駐車場だ。隅にオレンジ色の日づけが入った写真を琉星は物珍しく眺める。琉星はプリントアウトされた写真をほとんど持っていない。特に学生時代の友人と撮った写真は携帯電話かデジタルカメラのデータで残っているだけで、使い捨てカメラに至っては使ったことすらなかった。

「雉真さん、お幾つでしたっけ」

「三十五」

「十年違うといろいろ違うもんですね」

感慨深く呟いて写真をめくった琉星は、そこに写る金髪の少年たちを見て声を呑んだ。反対に、琉星の反応を窺っていた雉真は声を立てて笑う。

「いいだろ、オールドタイプの暴走族だ。今や絶滅危惧種じゃないか？」

「いや、これ……えっ、モヒカン？　何かのイベントとかじゃなくて、普段から皆こういう格好を？」

「それは決起集会のときだからさすがに気合が入ってるが、普段も大体そんなもんだ」

写真の中の少年たちは全員白い学ランを着ていた。上着の裾は膝に届くほど長い。胸にさらしを巻いて、むき出しの肩に直接学ランを羽織っている。

「……雉真さんは、どこに？」

「わからないか？　よく見てくれ」

雉真も身を乗り出して琉星と一緒に写真を覗き込む。ふわりと酒の匂いがしたが、水で薄めているせいかいつもよりきつくない。雉真の服に染みついた煙草の匂いや肌の匂いが混じり合って、不思議と甘く感じる。

どぎまぎして固まっていたら、雉真が写真の中のひとりを指さした。

金髪に染めた髪をオールバックにして、眉毛を綺麗に剃り上げこちらを睨む少年だ。眉間にこれでもかというほど深いシワを刻んで中指を立てる少年を見て、それから隣に座る雉真を見る。

常日頃から雉真は目つきが悪いと思っていたが、これでも多少は丸くなったのだな、と実感した。黒髪を無造作に後ろへ撫でつけ、口元にゆったりとした笑みを浮かべる雉真には大人の色気が漂っている。

もう一度写真と雉真を見比べ、琉星は切れ切れの溜息をついた。

「今の方がいいです」

「なんだ、口説いてくれてるのか」

「い、いえそういうことではなくて！」

慌てふためく琉星を笑い飛ばし、雉真は琉星の手から写真を一枚抜き取った。

「ほら、隣にいるこいつが加賀地だ。公園でお前を襲ったチンピラの元締め。この頃からの悪友だな」

雉真の隣にいるのは金髪を肩まで伸ばした少年だ。こちらはマスクをしているので顔立ちがよくわからないが、くっきりとした二重はなかなかの美男子に見える。

「この人も消費者金融をやってるんですよね。もしかして、一緒に仕事を始めたとか？」

「いや、俺は親父が金貸しをしてたからその後を継いだだけだ。加賀地は自力で金融業界に入って来た。うちが楽して稼いでるように見えたんだろ」

写真を琉星の手元に返し、雉真は苦々しく笑う。

「実際は高飛びされたり踏み倒されたりと苦労も絶えないんだが、世間からは貧乏人から甘い汁を吸い上げる疫病神扱いだ」

小学生の頃は家業のことでいじめられることもあったらしい。周囲の大人たちの視線も冷ややかで、子供心に居た堪れない気分になったという。今の雉真からは想像もつかない姿だ。

「高校の頃、わかりやすくグレて暴走族に入ったら途端に周りの声が小さくなった。おかげで自分が強くなったような気がして、有頂天だったな」

雉真が自分のことを話すのは珍しい。黙って耳を傾けていると、雉真の唇に自嘲気味な笑みが浮かんだ。

「でも、子供に勘違いを正された」

雉真はウィスキーに口をつけ、水割りにしていたことを思い出したのか軽く眉を上げた。さすがに薄かったかと酒を注ぎ足そうとした琉星を片手で制し、胸ポケットから煙草を取り出す。雉真から素早くライターを受け取った琉星が煙草に火をつけると、「ホストの面目躍如だな」と薄く笑い、天井に向かって煙を吐いた。

「小学生くらいのガキだったか。公園の隅で、同じくらいの年頃のガキどもに殴られてた。正義感気取りでその場にいたガキどもを蹴散らして、殴られてたガキに『あいつらシメてやろうか』なんて声をかけたんだが――きっぱり断られた」

その子供は、金髪で眉毛のない雉真を見ても臆することなく、『自分で仲直りできます』と言った。複数人に寄ってたかって殴られている時点で喧嘩ではなくいじめだ、と雉真が言っても認めない。せめて仲直りとやらの仲裁に入ってやろうとしたがそれも断られた。

「『自分でやらないと意味がない』ってな、一刀両断だ」

雉真は天井に漂う紫煙を眺めて目を眇める。

「大人を味方につければ勝ったも同然の子供の世界で、こいつは虎の威を借る狐にはならないんだな、と思ったたし、暴走族に入って強くなった気でいた自分は、完全に虎の皮を被った狐だと思った」

自分でどうにかします、と一生懸命になる子供を見て、自分はどうだったかな、と顧みた。

自分も小学校に入って早々に同級生たちから陰口を叩かれた。金貸しの子と言われ、教科書やノートを隠されたこともあった。

親のせいだ、と思った。親の仕事が変わらない限り自分に対する評価も変わらない。最初から普通の子供とはスタートラインが違うのだと諦め、周囲の色眼鏡を外させる努力もしなかった。

努力をするにも勇気がいる。努力しても変わらなかったらと思えば足が竦む。そうやって足踏みをして捻くれていった自分と、「自分でやります」と前を向く子供のなんという違いだろう。

徒党を組んだところで強くなれたわけではないのだとふいに悟って、暴走族はすぐにやめた。中途半端に籍だけ置いていた高校も退学して、商学部のある学校に通い直した。

「さっきも言ったが、金貸しの仕事はそう楽なもんじゃない。そうやって親が必死に稼いだ金で好き勝手やっておいて、その仕事を全否定するのもガキっぽいだろ。とはいえ、この仕事に後ろ暗いところがあるのも事実だ。だから俺は、せめてクリーンな金貸しをやろうと思った。親父に理想を押しつけるんじゃなく、自分でやろうと思ったんだよ。『自分でやらなくちゃ意味がない』って、あんなガキだってわかってるんだから」

雉真は最後に深く息を吸うと、短くなった煙草を灰皿に押しつけた。

雉真の昔語りに聞き入っていた琉星は腑に落ちた顔で頷く。口調こそ荒っぽいが顧客に決して筋の通らぬことを言わないその姿勢に、こんな経緯があったとは。

雉真は氷が溶けて益々薄くなった酒を一息で呷り、グラスを琉星に差し出した。

「子供ってのは侮れないもんだと痛感して、それ以来何かと目をかけてるんだが……。駄目だな、泣かれる」

前髪を後ろに撫でつけ、雉真は深々と溜息をつく。夕方に声をかけた迷子の子供でも思い出しているのだろう。あの場では子供に泣かれることなど日常茶飯事と言わんばかりだったが、案外落ち込んでいるのが透けて見えてしまって噴き出した。

「だったら笑顔のひとつも作ったらいいじゃないですか」

「こうか？」

雉真が唇の端を吊り上げる。本人は笑っているつもりだろうが、傍目には何か良からぬことを企む悪人にしか見えず、琉星は笑いながらグラスに新しい氷を放り込んだ。

「それが怖いんですよ」

「地顔だ、直らん」

胡散臭い笑顔を取り払い、雉真は仏頂面で琉星の作った酒を受け取る。気前よく喉を鳴らして酒を飲むと、グラスをテーブルに戻して琉星へ向き直った。

「お前が恋人らしいことをしてくれたら、それはそれはいい笑顔を作れる気がするんだがな？」

言葉と一緒に腕が伸びてきて琉星の肩を摑んだ。そのままソファーに押し倒される。

「え……、えっ⁉　うわ、ちょっと⁉」

「本当にガードが甘いな。これだけ露骨に下心をぶつけてくる相手と一緒にいて、どうしてそこまで隙だらけでいられる？」

「そ、そ、それは……！」

雉真は琉星が本当に嫌がることはしないからだ。おかげで雉真に対する危機感が薄れていた。今回だってすぐに離してくれるだろうと思いきや、雉真は真顔で琉星にのしかかって動かない。首筋に唇を押し当てられ、ひっ、と小さな悲鳴が漏れた。雉真の胸に手をついて押し返そうとしたが、大きな岩を押しているようでびくともしない。

「さすがにここまで無防備なのは罪作りだぞ。人の忍耐を試して楽しいか？」

首筋に触れた唇がゆっくりと移動する。耳の後ろに吸いつかれて息を詰めた。

肌に触れる吐息が熱い。圧し掛かってくる体も熱を帯びて、雉真が本気で自分を求めていることを思い知らされる。

わかってしまったら心拍数が急上昇した。自分の心臓の音すら聞こえそうだ。

力任せに雉真を押しのけようとして、躊躇してしまったのはなぜだろう。公園で子供に泣きじゃくられ、なす術もなく立ち尽くす雉真の後ろ姿を見てしまったせいか。実は落ち込んでいたことを後で知り、案外と繊細なところもあると知ってしまった。乱暴に突き放したら傷つけてしまうかもしれない。一回り近く年上の男性に対してそんな心配をするのはおかしいだろうか。

ほとんど身じろぎもできないでいると、雉真がのっそりと顔を上げた。ものも言わず、至近距離から琉星の顔を覗き込む。

「……どうして嫌がらない？」

低い声はたっぷりと吐息を含んでいて、耳の奥の産毛がいっぺんに逆立った。目の周りが熱くなる。とっさに目を伏せたら、雉真が身を倒してきて唇に吐息が触れた。慌てて雉真の口元を掌で覆うと、ムッとしたように眉を寄せられる。

「ろくに抵抗もしないくせにキスは拒むのか？」

「だ、だって、それは」

雉真が喋ると掌に息が当たってくすぐったい。うろうろと視線をさ迷わせていたら掌にキスをされた。

「……駄目か？」

掌の下からくぐもった声で問われ、琉星は息を震わせる。

自分よりずっと体が大きくて、その気になればこちらの意思など無視して好き勝手できる男が、懇願するような目でこちらを見てくる。

雉真は催眠術にかかっているだけだと、胸の中で強く叫ばなければ流されてしまっていたかもしれない。

自分の叫びで我に返り、琉星はぎゅっと唇を嚙みしめる。

雉真がどんなにひたむきに希おうと、それは催眠術によるものだ。雉真本人の意思ではない。わかっているのに胸が痛んだ。最初は細い針を刺すようだった痛みは、今や錐を突き立てられるような激痛に変わっている。

痛みをこらえる顔は、雉真の目に拒絶の表情と映ったらしい。雉真は溜息をつくと、ソファーの背もたれに手をかけて一息で身を起こした。

続いてぎくしゃくと起き上がった琉星はまたしても硬直する。雉真は普段通りの顔で酒に手を伸ばしているが、スラックスの中心部分が膨らんでいたからだ。

自分相手に勃つのか、と思ったらまたぞろ動揺した。改めて催眠術の恐ろしさを垣間見る。本人の性的指向まで踏み越えてしまうとは。

「……あまり見られると興奮するんだが」

グラスの縁に唇を当て、雉真が琉星に流し目を送る。酒に強いはずの雉真の目元がほんのり赤くなっていることに気づいて、琉星は勢いよく顔を背けた。

「すみっ、すみません！」

「こっちこそ悪い。そのうち収まるから気にするな」

そう言われても今更見なかったことにするのは難しい。雉真も途端に無口になり、室内を重苦しい沈黙が支配する。

「あ……、あー、あの……ちょっとした、ご提案なんですが」

ぎこちない雰囲気を取り払うべく、琉星は雉真に横顔を向けたまま切り出した。

「新しい暗示をかけさせてもらっても、いいですか？」

水割りのウィスキーをウーロン茶のような気軽さでごくごくと飲んでいた雉真がこちらを向く。横顔に視線を感じておっかなびっくり振り返れば、どことなく消沈した表情の雉真と視線が絡んだ。

「……好きにしろ」

グラスをテーブルに戻し、雉真はソファーに背中を預けて目を閉じる。

急に気落ちした顔をされた理由がわからず戸惑いつつも席を立った。妙な暗示でもかけられると思っているのだろうか。押し倒されたくらいでそんな嫌がらせじみたことをするつもりはないのだが。

琉星は雉真の前に立つと、中腰になって雉真の肩に手を置く。

「リラックスしてください。深く息を吸って……」

催眠導入の手順はいくらか飛ばした。催眠術は、暗示をかける回数が増えるほどかかりやすくなる。

貴方はだんだん、とお決まりの文句を口にしたところで雉真の瞼が痙攣(けいれん)した。薄い皮膚の震えから緊張のようなものを感じとり、琉星はそっと雉真の瞼を撫でた。

「貴方は笑顔が上手になる」

指の下で、雉真の瞼がもう一度震えた。

公園で子供に泣かれていた雉真は、どこか途方に暮れているように見えた。それでも子供の親が来るまで側を離れなかった姿を見て、やっぱり催眠術なんて関係なく優しい人なのだろうと思った。ただ、それを表現するのが下手なだけで。

少しでも表情筋が緩めばいいと、その程度の思いつきで暗示をかける。「目を開けて」と促すと、ゆっくりと雉真の瞼が開いた。

雉真が無表情で琉星を見上げる。きちんと術にかかっただろうか。笑ってくださいとお願いするのもおかしいな、などと思っていたら、前触れもなく雉真が笑った。

突如晒(さら)された満面の笑みに、琉星はひゅっと喉を鳴らす。

これまで見てきた皮肉交じりの笑みや、やたらと甘ったるい笑みとは違う、子供のように邪気のない顔だ。

雉真は自分の表情の変化に気づいていないのか、琉星を見上げて「どうした？」と首を傾(かし)げる。その顔に浮かぶのは、子供に怯えられるどころか懐かれそうな優しい笑みだ。

(この人、本当に催眠術にかかりやすいな！)

こんなにかかりやすくて大丈夫なのかと心配する一方、雉真の無防備な笑顔から目を逸(そ)らせない。

（ど、どうしよう）

階段を駆け上がるように心臓がリズムを速める。にこにこと笑う雉真を見ていると胸の奥がきゅーっと締めつけられるように苦しくなった。

（どうしよう、好きだな⁉）

こんなタイミングで、唐突に恋心を自覚してしまった。

これまで異性にしか心惹かれたことはなかったのにどうしたことだ。挙句自分は雉真に借金をしている。一度は内臓を売るか漁船に乗るか二択を迫られたことすらあるというのに。

なぜ恋に落ちてしまったのか自分でもわからない。恋というより落とし穴に落っこちた気分だ。穴の底から、遠くに見える空をわけもわからず眺めているような。

呆然と立ち竦む琉星を、雉真が不思議そうな顔で見ている。どうした、ともう一度問われたが答えられない。

貴方を好きになったみたいです、などという世迷い言は、口が裂けても言えるはずがなかった。

雉真消費者金融の営業時間は九時から二十時まで。一階の受付は時間通りに明かりが落ちるが、二階の事務所はそれより遅く、夜の九時を過ぎるまで明かりが灯っている。実際には真夜中や早朝に他のスタッフが借金の取り立てに奔走しているらしいが、それはまた別の話だ。

夜の九時近くなると、事務所にいたスタッフたちもぞろぞろと社屋を出て、フロアには琉星と雉真の二人だけになる。

パソコンに齧りついてなかなか上に戻ろうとしない琉星に気づいて、雉真が社長机から声をかけてきた。

「どうした、最近やけに張り切ってるな？」

「頂いている給料にふさわしい仕事はしたいので」

雉真は「十分してるだろう」と笑うが、琉星は一緒に笑えない。

雉真の事務所に転がり込んでからすでに二週間。給与の面は話し合い、日中は一般的な時給で事務所の仕事を続けることになった。夜も雉真の晩酌につき合っているが、それで金をもらうことは断っている。あれは間違っても仕事ではない。雉真への恋心を自覚してしまった琉星にとってはむしろご褒美だ。日中は仕事で忙しい雉真を独り占めできるのだから。

琉星はパソコンの陰から雉真の顔を盗み見る。このご時世に珍しく事務所は喫煙可なので、雉真は煙草を噛みつつ書類を眺めていた。返済が滞っているのか、忌々し気に舌打ちをする顔すら格好よく見えてしまうのだから恋は恐ろしい。

琉星は押し殺した溜息をつく。本当なら、自分もああやって舌打ちをされる立場だったのだ。

催眠術にさえかからなければ、雉真は本気で琉星を漁船に乗り込ませただろう。

もしも催眠術が解けたら、と思うとみぞおちの辺りがぎゅっと固くなる。無慈悲に取り立てられるのも恐ろしいが、それ以上に雉真に切って捨てられるのが怖かった。

今は目が合うだけで愛し気な笑みを向けてくる雉真だが、暗示が解ければ見向きもされなくなるだろう。

わかっているのに雉真から離れられない。暗示を上書きしてやることもできない。その罪悪感をごまかすように、ここのところ琉星は営業時間外まで仕事に没頭していた。

「急ぎの仕事でなければ明日に回していいぞ?」

資料に視線を落としたままの雉真に重ねて声をかけられ、琉星は慌てて視線をディスプレイに戻した。

「いえ、ちょっと急ぎの分もありまして……」

「悪いな、もう少しすれば人手も戻るから勘弁してくれ」

琉星を雇うとき雉真が言っていた、通常業務の他にイレギュラーな仕事を抱えているというのは本当らしく、現在事務所は従業員の半数近くが出社できていない状況のようだ。

(イレギュラーな仕事ってなんだろう?)

何度か雉真にも尋ねてみたが、未だ明確な回答はもらえていない。口にするのも憚られるくらい危うい仕事だったらどうしよう、と密かに心配していると、ふいに一階で物音がした。

顔を上げると、雅真も同時に書類から目を上げる。間を置かずまた音がした。誰かがシャッターを叩いているようだ。

「……お客さん、でしょうか？」

「だとしても営業時間はもう終わりだ。出る必要はない」

言い捨てて書類に視線を落とした雅真だが、シャッターを叩く音はいつまでもやまない。一定のリズムで響くそれは数分間に及び、根負けしたように雅真が席を立った。

「ちょっと見てくる」と言い置いて事務所を出る雅真は悪鬼のような顔だ。しばらくするとシャッターの上がる音がして、雅真の怒声が二階まで届く。これでシャッターを叩いていた者も裸足で逃げ出すだろうと思ったが、思いがけず相手は雅真に大声で何か言い返したようだった。

一階で口論が始まり、琉星はぎょっとして腰を浮かせる。喧嘩だろうか。警察を呼ぶべきか。事務所の電話に手をかけたところで二人の声が大きくなった。階段を上がってきたようだ。

うろたえているうちに事務所の扉が勢いよく開いた。そこにいたのは雅真ではなく、肩まで伸びた髪を金色に染め上げ、顔半分を隠す大きなサングラスをかけた男性だった。それだけでも目立つのに、新郎のような真っ白なスーツに身を包んでいる。

「やっぱりいるじゃないか！　雅真ぁ、嘘つくなよ！」

男性は声を張り上げて背後を振り返る。すぐに雅真が追いついて、後ろから男性の肩を力任せに摑んだ。

「勝手に入って来るんじゃねぇ！　不法侵入で通報するぞ！」

雉真は額に血管を浮き上がらせ、これまで聞いてきた中で一等不穏な声で凄んだ。雉真の強面には見慣れたつもりの琉星でさえ震え上がる表情だ。しかし金髪の男性は臆することなく、それどころか声高らかに笑い始めた。

「赤の他人ならいざしらず、親友に向かって不法侵入とか」

「誰が親友だ！」

「そんなことより、彼でしょ？　尾白君の連帯保証人」

肩を摑む雉真の手を振り払い、金髪の男性は大股で琉星に歩み寄るとジャケットから名刺を取り出した。

「初めまして。加賀地キャッシングの代表やってます、加賀地望です」

両手で差し出された名刺を反射的に受け取ってから、聞き覚えのある名前だと思った。雉真の口からも何度か出たことがある。

「前にお前を車で拉致しようとした連中の元締めだ」

雉真が忌々し気に呟いて加賀地の首根っこを摑んだ。乱暴に後ろに引き、少しでも琉星から遠ざけようとしている。

加賀地は雉真の手を振り払うと、スーツの襟を正して琉星の隣の席に腰を下ろした。

「そう、君に貸した金を返してもらいに来たんだ。君……なんだっけ、名前。きらきら星君だっけ？」

「き、雲母琉星です」

そうそう、と満足そうに頷いて、加賀地はスーツの内ポケットから借用書を取り出した。それを横から雉真が取り上げる。

「こいつの借金ならうちがまとめて引き受けるって言っただろうが」

雉真は借用書に目を走らせたが、「コピーか」と呟くなり加賀地の膝に放り投げた。加賀地は膝の上にそれを広げておかしそうに笑う。

「この子の借金を雉真が個人的に肩代わりしてるって話は本当だったかぁ。どうしたの、慈善活動でも始めた？」

わけもわからず二人の会話に耳を傾けていた琉星だが、加賀地の一言で顔色が変わった。

琉星を連帯保証人にしていた尾白が複数の消費者金融から金を借りていたことや、他社とのやり取りを雉真が一手に引き受けてくれていることは知っていたが、まさか雉真がそれらの借金を個人的に肩代わりしているとは思わなかった。

自分のために不要な負債を抱え込んでいたのかと青ざめる琉星を見て、雉真は低く舌打ちをする。

「慈善活動じゃない。元金がデカくなりゃそれだけ利子も膨らむ。同業の連中を脅して借用書を回収してきただけだ」

あくまでビジネスだと雉真は言い張るが、加賀地は呆れ顔で肩を竦めている。

「その強面でよその借用書は強奪してきたみたいだけど、うちはうちで取り立てさせてもらうから。長く貸しておいて小出しに利子を返してもらった方が割りはいいからね」

「お前のところの借用書もよこせ」

「親友のお願いでもそれは聞けないなぁ」

笑いながらサングラスを外した加賀地は、長い睫毛(まつげ)をゆっくりと上下させて琉星に顔を向けた。

「てことで早速利子返してくれる?」

「お、お幾らですか……」

「そうだなぁ、先月から支払いが滞ってるから……まとめて五十万と二千六百三十円」

「ご、五十……」

「と、二千六百三十円ね」

加賀地は笑顔だが、端数まできっちり取り立てるまでここを動く気はなさそうだ。しかし琉星もすぐに五十万という大金は用意できない。最近までホストクラブに勤めていたものの万年指名最下位で、預金残高は微々たるものだった。

とりあえず今は手持ちの金を差し出すしかない。財布を取りに三階に上がろうとすると雉真に待ったをかけられた。事務所の奥にある金庫に駆け寄ったかと思うと、中から帯封のついた札束を持って戻って来る。

「五十万と二千六百三十円だな。七千三百七十円釣り寄越せ」

帯封をちぎり、札束を一瞬で扇状に開いた雉真は目にもとまらぬ速さで五十一万を抜き出し加賀地に押しつけた。

加賀地は突き出された札束と雉真を交互に見て、はっと鼻先で笑う。

「本当にお前が肩代わりしてんだ？　別にいいけど……お前の会社そんなに儲かってないだろ？　潰れるぞ？」

雉真は黙り込んで何も言わない。否定しないところを見ると、加賀地の言葉はあながち間違ってもいないのだろう。

真っ青になる琉星を尻目に、加賀地は雉真から札束を受け取ると律儀に釣りを返した。

「はい、確かに。じゃあ、来週また来るから返済よろしくね？　今回は溜まってた分も一気に返してもらったから凄い額になったけど、毎週こまめに払ってもらえればそんなに厳しい取り立てにはならないから」

身軽に椅子から立ち上がり、加賀地は琉星に目配せをする。

「こんなところに閉じこもってないで、外で働いてくれていいんだよ？　きちんと返済してくれさえすれば、そいつが心配するような無体な真似はしないから」

札束をチーフのように胸ポケットに押し込んで、加賀地は大きく手を振り部屋から出て行った。後に残された琉星は、青白い顔をしたまま雉真を振り返る。

雉真はばつの悪そうな顔で後ろ頭を掻き、「気にするな」とだけ言った。

「そんな……無理です、気にします。今だって、五十万……」

「いい、俺が勝手にやったことだ」

「待ってください。雉真さん最初に、僕の借金トータルで五百万くらいあるって言ってましたよね？　それを全額肩代わりしたんですか？」

「正確には四百万程度だ。加賀地の所にある百万の借用書は回収できなかった」

「どっちにしろ大金ですよ！」

琉星が喉を引きつらせて叫んでも、雉真は「気にするな」と繰り返すばかりだ。

気にならないわけがない。四百万は大金だし、そのせいで雉真の会社が傾くかもしれないのに。しかもそれを、雉真は自分の意思でやっているわけではない。暗示のせいだ。

琉星はシャツの胸の辺りをきつく握りしめる。指先が冷え切って、布越しに感じる鼓動がいつもより速かった。呼吸が浅く、膝が震える。

これ以上雉真に甘えては駄目だ。さすがにそれくらいのことはわかる。けれど決定的な一言を口にしようとすると全身を襲う震えが大きくなった。

崖際に立たされている気分だ。爪先はもう宙に出ている。真っ青になって浅い呼吸を繰り返していたら、異変に気づいた雉真が「どうした」と駆け寄ってきた。肩に手を置かれて、その温かさに泣きたくなる。

琉星に触れる雉真の手は優しい。その心地よさに負けてずっと口にできなかった。けれど、もういい加減言わなければ。

琉星は一度きつく唇を噛みしめてから、ゆっくりと息を吐いて言った。

「催眠術の、上書きを、しましょう」

声は情けないくらい震えて言葉も飛び飛びになってしまったが、ちゃんと言えた。

琉星はなんとか息を整え雉真を見上げる。

「肩代わりしていただいた利子も含め、必ず全額お返しします。今まで有難うございました」

深く頭を下げようとしたが、肩を掴む雉真の手に止められた。

「上書きしたら、俺のこの気持ちはもう二度と戻ってこないんじゃなかったか？」

長身を折るようにして雉真は琉星の顔を覗き込む。こんな至近距離でこの人の目を見るのもこれが最後かもしれないと、琉星は瞬（まばた）きも惜しんで頷いた。

「それは困ると前に伝えたはずだが」

雉真の声が一段低くなる。琉星の気持ちを覆そうと必死になって、肩に食い込む指も痛いくらい強くなった。その必死さを愛おしく思う反面寂しくもなって、琉星は眉を八の字にして笑った。

「催眠術で、そう思い込んでいるだけですよ」

自分で言っておいて胸の奥をざっくり抉られたような気分になるのだから世話がない。作り笑いが歪んでしまいそうで俯けば、頬にかかる前髪を雉真にそっと掻き上げられた。

「……お前はそれでいいのか？」

また胸の内を見透かされたようで息が震えた。雉真の声が甘やかすようだから、「本当は嫌です」と本音が口を衝いて出そうになる。

黙り込んでいると、雉真が小さく笑う気配がした。

「すまん、妙なことを訊いた。……いいに決まってるな」

寂しげな声に、今度こそ「違う」と言いそうになって必死で耐えた。雉真がこんなふうに自分の気を引こうとしてくれるのは全部催眠術のせいだ。それだけだ。

雉真は琉星の肩から手を離すと、一歩後ろに下がった。

「今すぐ上書きするか？」

「できれば……」

「じゃあ、ここでやろう」

雉真は踵を返すと社長机の前に立って琉星を手招きした。自席に着くと、椅子の背に凭れてゆっくりと目を閉じる。

琉星はのろのろと雉真の前に立つと、指先の震えを悟られぬよう強く拳を握りしめてから雉真の肩に手を置いた。

「頼みがあるんだが」

目を閉じたまま、出し抜けに雉真が言う。

「暗示にかかった後も、しばらくは目が覚めないようにしてくれないか。俺のことだから、返済が滞ってる客が目の前にいたら何をするかわからん」

琉星は口を開いたものの声が出ず、ごくりと唾を飲んでから「はい」と返事をする。次に目を開けたとき、雉真の目に映る自分は顧客のひとりでしかないのだと思ったら心臓を殴られたようで息も止まった。

「俺が寝ている間に荷物をまとめて出てくれ。加賀地のところ以外の借用書は回収したし、もうアパートに戻っても大丈夫だ」

「……はい。本当に、今まで有難うございました」

「いい。好きでやってたことだ」

唇の端で笑って、雉真が片手を上げた。目を閉じているせいで琉星のいる位置がわからないのだろう。指先が心許なく宙を掻く。

「最後に、手を握っていてくれないか」

酒と煙草で喉を潰したような声で、子供みたいなことを言う。琉星はものも言わず、両手でその手を摑みにいった。

雉真が目をつぶっていてくれてよかった。でなければ、泣き出す直前のような顔を見られてしまうところだった。

琉星は雉真と掌を合わせると、指先を絡ませて、以前デートをしたときのようにしっかりと互いの手をつないだ。

「では、リラックスを――」

声がひしゃげてしまって、空咳でごまかす。好きになった相手の心が離れるよう暗示をかけるなんて、本当なら絶対やりたくない。暗示が二度と解けないかもしれないとなればなおさらだ。琉星は涙声になりそうになる自分を鼓舞して暗示の上書きをした。

「貴方はだんだん……だんだん、僕を」

琉星の声が尻すぼみになっても雉真は目を開けない。上手く催眠状態に入っているのだろうか。深く眠っているように見える雉真を見詰め、勉強しよう、と琉星は思った。

雉真にかけた催眠術が上手く解けなかったのは、自分の施術が拙かったからだ。でもきちんと勉強すれば二度とこんな目には遭わない。上書きした暗示も解けるかもしれない。

琉星は目の端に滲んだ涙をシャツの袖口で拭う。

暗示が解けなかったとしても、諦めないでいようと思った。きちんと借金を返済して、もう一度正面からこの人に見てもらうのだ。数多いる顧客のひとりではなく、自分自身を。

だから今だけ、心を殺して口を開く。

「僕を好きだったこと、忘れてください」

暗示というより懇願に近い言葉を口にして、琉星はつないでいた雉真の手を離した。

雉真は深く椅子にもたれたまま、結局最後まで目を開けることはなかった。


雉真の事務所に置いていた私物をまとめ、琉星は二週間ぶりにアパートへ戻った。雉真が言った通りアパートの周辺に取り立て屋たちの姿はなく、すぐに平穏な日常が戻ってきた。琉星が五百万円の借金を背負っているという事実さえ除けば、表向きはこれまで通りだ。

自宅に戻ると、琉星はすぐホストクラブに復帰した。目下の目標は借金を完済することだ。新しい仕事を選んでいる時間も惜しい。それにホストの仕事は時給が決まっているようで決まっていない。贔屓の客がつけば短時間でも時給を遥かに超えて稼ぐことができる。その可能性に賭けた。

酒は相変わらず苦手だったが、無理やり飲んではトイレで吐いた。酔った客の息の匂いから気を逸らすためきつい香水をつけ、客と体を寄せて話し込むようになった。積極的に人気ホストのヘルプに入り、コールなどで場を盛り上げたりもした。

以前の琉星ならばしなかったことだ。自ら望んで入ったわけでもないホストクラブで、女性に対して歯の浮くようなセリフを口にしたり、本心とは関係なくはしゃいだり笑ったりすることに抵抗があった。

平凡な日常を生きるのに相応な日銭を稼いでいた頃ならそれでも良かった。しかし琉星には膨大な借金があり、これまで通りの仕事をしていてはとても完済などできない。

そして借金を返すまでは、雉真に会うこともできないのだ。

人間は、目標があればこんなにも行動が変わるものかと自分でも驚いた。以前は苦手だったリップサービスが苦にならない。相手が望む言葉がすらすら口から出る。客もそのために店に来ているのだから、嘘(うそ)をついているようだと罪悪感を抱く方が間違っていた。幸い観察眼は鋭い。底辺ホストだったはずの琉星に、今はじわじわと指名客がつき始めている。

ホストクラブに復帰した傍ら、日中のアルバイトも始めた。

雉真の店の利息は銀行より高いとはいえ、そこまであくどいものではない。しかし加賀地(かがち)の店はえげつない。ようやく指名客がつき始めた程度の琉星では、バイトを掛け持ちでもしないとあっという間に利子が膨らんでしまう。

雉真の事務所を出てから、琉星の生活は一変した。

朝はまだ暗いうちに起き出して宅配便の仕分け作業に入り、重い荷物を仕分けて汗だくになったら今度はコンビニのアルバイト。夕方からはホストクラブに行って、苦手な酒を無理やり飲んでふらつきながら家に戻る。そしてまた早朝出勤の繰り返しだ。

臨床心理士の資格試験の勉強などする暇はない。思い描いていた人生がゆっくりと軌道を変えていくのを自覚しながらも、琉星は借金返済のため黙々と働いた。

帰宅してから数時間も経たぬうちに目覚ましのアラームで起こされるのは辛かったが、そんなときは雉真の顔を思い出して布団から出た。事務所にいた頃は毎朝雉真が温かな飲み物を手に起こしに来てくれたのだ。そんなことを思い返して胸を温めた。

週に一度、琉星は雉真の店を訪れ借金を返済する。支払いは銀行引き落としではなく直接店に持って行くのが決まりらしい。加賀地の店もそうであるところを見ると、街金では一般的な返済方法なのかもしれない。

支払いは一階のカウンターで行われるため、二階の事務所にいる雉真の姿を見ることはない。それでも上に雉真がいるのだと思うとドキドキした。ばったり会えないかな、と期待することもあったが、以前とは違う表情を向けられたら立ち直れない気もするので、会えない方がいいのだろう。

（あれ以来雉真さんからなんの連絡もないところを見ると、暗示はちゃんと上書きできたんだな）

雉真の事務所を出てから一ヶ月。ホストクラブでの仕事を終え、深夜に家路を歩きながら琉星はぼんやり考える。

会いたいな、と思ったが、今雉真に会ったところで無感動に一瞥されて終わりだろう。

（むしろ怖い顔されるんだろうなぁ。ちんたら返済してるから怒られるかも）

苦笑したつもりだったが唇が上手く動かなかった。仕事帰りは表情筋すらまともに動かないくらい疲弊しきっている。数時間の睡眠では疲労もろくに回復しない。

ふらふらと歩いていると公園のそばを通りかかった。

子供の頃から苦手だった夜の公園。加えて言うなら取り立て屋たちに拉致されそうになった恐ろしい現場なのに、雉真と初めて会った場所だと思うと胸の奥に疼きが走る。

あの晩、全身黒い服を着てポールに腰かけた雉真は死神のようだった。ちょうどあの辺りに、と公園の入り口に目を向けた琉星は足を止める。

コの字形のポールに、誰かが腰を下ろしている。後ろ姿なので確かなことは言えないが、背格好から男性と思われた。煙草を吸っているようだ。以前雉真がそうしていたように。

止まっていた足が動く。一日の仕事を終え、歩くのも辛いくらい疲れきっていたはずなのに、知らず駆け出していた。

足音に気づいたのか、ポールに腰かけていた男性がこちらを向いた。公園の街灯が逆光になって顔がよく見えない。雉真さん、と声をかけようとして、直前で琉星は声を呑んだ。振り返ったのが雉真ではなかったからだ。

「久し振りだね。きらきら星君」

そう言ってポールから立ち上がったのは加賀地だ。今日も全身白いスーツを着て、伸ばした金髪を肩から垂らしている。

琉星は呆然と加賀地を見上げ、その場に崩れ落ちてしまいそうになる。

いくら逆光になっていたとはいえ、服も髪形も、雉真とは何もかも違う相手を雉真と見間違えるなんて。

（どんなにあの人に会いたいんだ――）

いっそ笑い出しそうになったところで、加賀地が「聞いてる？」と琉星に詰め寄ってきた。我に返り、琉星は落胆で撓んでいた背筋を伸ばす。

加賀地は吸い差しの煙草を指に挟み、琉星を見下ろしてにっこりと笑った。

「仕事の帰り？　お疲れさま。ところでさ、今日……っていうか、十二時回ったからもう昨日か。昨日、何曜日だったか知ってる？」

「き、昨日ですか？　昨日は……水曜……」

喋っている途中で、琉星の顔からざっと血の気が引いた。水曜日は加賀地の店に返済に行く日だ。

顔を強張らせる琉星を見て、加賀地は芝居がかった仕草で額に手を当てた。

「どうして昨日は店に来てくれなかったの？　君は毎週真面目に返済してたから、大人しく待ってあげてたのに」

どうして、と問われれば、うっかりしていたとしか言えない。睡眠時間をぎりぎりまで削り、慣れない肉体労働と苦手な酒で体は悲鳴を上げていて、曜日の感覚などとうに曖昧になっていた。

弁解すべく口を開くと、言葉を封じるようにひたりと加賀地に見据えられた。それまで陽気に喋っていたのが嘘のように冷徹な目で、琉星の言葉など聞く気はなさそうだ。

「あ、あの、今すぐ持ってきます、すみません、お金は用意してあるんです」

震える唇を無理やり動かして言葉を押し出すと、加賀地が微(かす)かに笑った。でも目だけは動かない。獲物を見定める蛇のように琉星を見ている。

「堅実に返してくれるのもいいんだけど、君にはもう少し違う返済方法があると思うんだよね」

「な、内臓を売るんですか……？」

「いやぁ、それも効率が悪い。五体満足のまま変態に売ろう」

楽し気に加賀地が言い放つのと、背後でじゃりっと砂を踏む音がしたのは同時だ。振り返ると、以前見た柄シャツを着た細身の男と、レスラーのような体格のジャージ男が背後に立っていた。

心臓が竦(すく)み上がる。考えられる限り最悪の状況だ。真夜中の公園に人気(ひとけ)はなく、周囲にも民家はない。悲鳴を上げてもきっと誰も来てくれない。自力でなんとかするしかない。

琉星は加賀地に向き直ると一か八かその脇をすり抜けて公園に飛び込んだ。

加賀地はあっさりと琉星を見逃したものの、すぐに背後の二人が追いかけてくる。あっという間に腕を摑(つか)まれ、後ろから羽交い絞めにされた。

レスラーのような男は琉星の体を後ろ向きにずるずると引きずって公園の外へ向かう。とんでもない力で、踏ん張ろうとしても踵が地面を擦るばかりだ。

悲鳴を上げようとしたが声が出なかった。こんなときに、子供の頃公園で怖い目に遭ったことを思い出す。

すっかり日も落ちた学校帰り、滑り台の下の土管を覗き込んだら誰かがいた。不用意に伸ばした手を掴まれて暗がりの中に引きずり込まれる。土管の中に荒い息遣いが響く。

闇の中には濃い酒の匂いが漂っていて、だから未だに酒は苦手だ。酒を飲んだ人の息の匂いを嗅ぐと心臓の音が乱れだす。

羽交い絞めにされたまま、あのときはどうなっただろうと記憶を手繰る。土管の中に引きずり込まれた後の記憶はないのに、どうして自分は自宅の前に立っていたのだろう。

目の端を強い光が過る。車のヘッドライトか。あのときも同じ光を見た。土管の中にヘッドライトの鋭い光が差し込んで、自分の腕を掴む相手の顔が見えた。

怖い顔だと思った。金色の髪を後ろに撫でつけ、一直線に琉星を睨む。眉毛をそり落とした顔は表情が読みにくい。でも、どこかで見たことのある顔だ。

（……雉真さん？）

遠い昔に見た顔と、雉真に見せられた古い写真の顔がぴたりと重なる。

そんな馬鹿なと困惑しているうちに公園の入り口まで来てしまった。加賀地はポールに腰かけたまま、煙草を足元に落として靴の裏で踏みにじる。

「きちんと返済してくれれば無体な真似はしないって言ったけどさ、返済期限過ぎても返しに来なかったんだから、仕方ないよね？」

琉星は喉から声を絞り出し、「返します」と訴えたが、加賀地は無感動な目で笑っただけだった。

「もう遅い」

一切の弁明を必要としていない顔だ。もしかすると最初から、琉星が返済を忘れたり逃げ出したりするのを耽々と待っていたのかもしれない。

吐き気に似た恐怖が胃の奥からせり上がる。車に連れ込まれたらもう戻れない。連れて行かれた先にあらゆる恐怖と辛酸が待ち受けているのだろうと思えば血の気が引いた。

寝不足と過重労働と極度の緊張が琉星の意識を闇に引きずり込もうとする。もはや抵抗する気力もなく意識を手放そうとしたそのとき、公園の外で甲高い音がした。

車が急ブレーキをかけた音だ。気がつくと同時に、全身に重たい衝撃が走った。琉星を羽交い絞めにしていた男が低く呻く。ゆっくりと視界が斜めになって、琉星は男もろとも地面に倒れ込んだ。

ぐるりと視界が回って、夜空が見える。その中に、雉真の姿があった。

今度は見間違いではない。肩で息をしながら高々と足を蹴り出している。琉星を羽交い絞めにしていた男を、雉真が蹴り倒したようだ。

巨漢を一撃で伸す見事な蹴りだ。凄い、と思い、初めて会ったときもこうして自分を助けてくれたな、と思い、あれ、と琉星は目を瞬かせた。

違う、前回は蹴っていない。柄シャツの男に甘んじて殴られただけだ。雉真からは一切手を出さなかった。けれど琉星は覚えている。雉真がこうして鮮やかに誰かを蹴り飛ばしたシーンを。

あれも夜の公園だ。土管の中に引きずり込まれた琉星の腕を摑んで外に出し、それを追いかけて外に出てきた酔っ払いを容赦なく蹴倒した。

数週間前と十数年前の情景がフラッシュバックする。

地面に倒れたまま夜空を見上げていると、視界に切迫した雉真の顔が飛び込んできた。

「大丈夫か！」

びりびりと鼓膜を震わせる声を聞いた瞬間、雉真の顔に金髪の少年の顔が透けて見えた。眉毛のない、強面の。

髪の色も肌の張りも違うのに、こちらを案じる瞳の強さは変わらない。

「……雉真さん」

半ば呆然とその名を呼ぶと、雉真はほっとしたように肩の力を抜いた。琉星を羽交い絞めにする男の腕をほどき、琉星の背に腕を差し込んで一息で抱き起こす。

片腕で琉星を胸に抱き寄せた雉真は、加賀地に向かって吠えるように叫んだ。

「テメェ、こいつに無体は働かないんじゃなかったか！」

「だって昨日の返済に来なかったんだもん」

「なにが『だもん』だ！　どうせ督促の電話も寄越さなかったんだろう！」

琉星は雉真の胸に頬を押しつけて怒号に耳を傾ける。一ヶ月ぶりに聞く雉真の声が体に響き、胸から何かが溢れそうだ。

雉真は額に青筋を立て、公園の外を指さした。

「脅すならあいつを脅せ！　お前から金を借りた張本人だ！」

雉真の指した先にはボックスカーが停まっている。すぐに後ろのドアが開いて、雉真の部下に左右から腕を取られた尾白が降りてきた。

今までどこに隠れていたのか、尾白の顔には無精ひげが浮き、頬もすっかりやつれていた。上下揃いのスウェットを着て、足元にはサンダルを履いている。気を抜いて家を出たところを拉致されてきたといったところか。

「え、そいつ見つけてきたの？　連帯保証人いるのに？」

「こうでもしないと、お前はこいつに執拗にまとわりつくだろうが！」

「そりゃそうだ。でもわざわざ金と人手を割いてよく捜す気になったねぇ。大分かかったでしょ？」

雉真は何も言わずに加賀地を睨む。その顔を見て、ようやく琉星は雉真消費者金融が抱えていた『イレギュラーな仕事』の内容を悟った。

雉真はずっと、行方をくらませた尾白を捜していたのだ。連帯保証人がいるのだから借りた本人を捜す必要もないはずなのに、尾白が見つからない限り琉星が借金から逃れられないからと、わざわざ会社の人員を削ってまで。

どうしてそこまで、と尋ねようとした声は、加賀地の華やかな拍手の音で掻き消された。尾白のもとへ歩み寄った加賀地が、その顔を左見右見して満足そうに手を叩いている。

「君もなかなか整った顔立ちをしてるね。よし、変態のオッサンに売りつけよう」

えっ、と琉星が声を上げると、すぐさま雉真が喉を震わせた。

「手ぬるい！　保険でもかけて海外に行かせろ！」

「それもいいね。旅行先で腕一本切り落としてくれれば保険が下りる」

「足もやっとけ！」

「ままま、待ってください！」

血の気の失せた顔で俯く尾白を見ていられず、琉星は恐ろしい会話をする二人の間に割って入った。

「漁船に売るより、ほ、保険をかけるより、真っ当に働かせた方がいいと思います！　こいつ、指名ナンバーワンホストですから！　百万くらいすぐ返せます！」

「ええ？　でも」

「小出しに利子をもらった方が割りはいいって前に言ってたじゃないですか！」

がくがくと膝を震わせながらも琉星が訴えると、加賀地は少しばかり思案するような顔をして「確かにね」と頷いた。

「じゃあ、彼には地道に支払ってもらおうか。その代わり利子増しするからね？　借金踏み倒そうとしたんだから当然だよね？」

顎が胸につくほど深く俯いていた尾白は、緩慢に顔を上げると小刻みに頷いた。全身が震えて、体が上手く動かないらしい。

「じゃあ新しい借用書用意するから、一度うちの店に行こうか？」

「おいちょっと待て！　せめて一発そいつを殴らせろ！」

「だ、駄目です、やめてください！」

怒りが収まらない様子で尾白に摑みかかろうとする雉真を琉星が必死に止める。それを見て、雉真はぐわっと両目を見開いた。

「お前な、こいつのおかげで自分がどんな目に遭ったかまだわかってねぇのか！」

「わかっ、わかってます！　だから、殴るなら僕がやります！」

琉星の絶叫に、雉真はもちろん加賀地もぽかんとした顔で言葉を切った。

琉星は雉真を押しのけ大股で尾白に近づくと、怯えた顔でこちらを見る尾白の前で大きく腕を振りかぶった。

　夜の公園に、ぺしょ、と間抜けな音が響く。

　尾白の頬を殴った、というより、拳で撫でたような、本物の猫の方がまだ威力のありそうな猫パンチをお見舞いして、琉星は尾白を睨みつけた。

「おま……お前！　代われ！」

　背後で雉真がまた怒声を上げたが、振り返らずに琉星は叫ぶ。

「ひっ、人に物を借りたらちゃんと返せよ！　お前は昔っから人のシャーペンとか消しゴムとか借りたら借りっぱなしで……！　本当に内臓売られたり、漁船に乗せられたりしたらどうするつもりだったんだよ！」

　尾白は呆然と琉星を見ている。殴られたダメージはなさそうだが、普段物静かな琉星が声を荒らげているのを見て驚いているようだ。よほど衝撃的だったのか、足の震えが止まっている。

「買ったばっかりの消しゴム借りパクされたの、まだ忘れてないからな！」

「……」

「その日の小テスト散々だったんだぞ！」

「……ごめん」

「僕は……っ、お前と違って月に何百万も稼げるようなホストじゃないから五百万なんて借金、本当に……どうやって返せばいいかわからなくて怖かったんだからな！」

尾白はぐっと眉間にシワを寄せると、片手で顔を覆ってもう一度「ごめん」と言った。琉星は唇を噛んで尾白の肩を叩く。ぺしょりと間抜けな音がして、拳に怒気が含まれていないのは明らかだった。

勝手に連帯保証人にされて腹が立ったのは本当だが、尾白のことは憎み切れない。職を失ってからは、琉星の相談に乗ってくれたし、ホストの仕事も紹介してくれた。琉星が本気で酒に弱いと知った琉星がテーブルで酔い潰れると必ずヘルプに入ってくれた。バックヤードで苦しむ琉星を介抱して、しばしば家に送り届けてくれることもあった。大丈夫か、と背中をさすってくれた心配そうな顔が、全て演技だったとは思いたくない。

「……謝って済む話じゃないと思うがな？」

それまで黙っていた雉真が、地を這うような声で呟く。こちらはたっぷりと怒りを含ませた声で、琉星は慌てて尾白の背中を押した。早く行ってくださいと加賀地に視線で訴えると、加賀地は先程までの冷酷な表情とは打って変わって、ウィンクしながら「じゃあね」と手を振った。

加賀地一行と尾白を乗せた車に向かって「そんな奴売り飛ばしちまえ！」と叫ぶ雉真の目は本気だ。その横顔を琉星はじっと見詰める。視線に気づいた雉真がこちらを向くのを待ち、思い切って口を開いた。

「雉真さん。まだ金髪で眉毛がなかった頃、公園で僕とお喋りした記憶ありませんか？」

前触れのない言葉に驚いたのか雉真が軽く目を瞠る。珍しく動揺したように視線が揺れた。何か言いかけたが、背後に控える社員の存在を思い出したらしく、スラックスのポケットから鍵を取り出して社員に投げた。

「俺の車取ってきてくれ。その辺のコインパーキングに置いたら、お前らはもう帰っていい」

社員たちがボックスカーに乗り込むのを待って、雉真は再び琉星に目を向けた。

「……場所移すか？　公園は苦手だろう」

「いえ、ここで。初めて貴方と会った場所なので」

喋る間、琉星は一時も雉真から目を逸らさない。

雉真にかかった催眠術はもう解けた。自分は今、雉真の目にどう映っているのだろう。

息を詰めて反応を待っていると、雉真は胸の内を隠すように目を伏せ、公園の奥にあるベンチへと琉星を導いた。

「僕、お父さんの顔を知らないんです」

ベンチに座るとすぐ、琉星は自分の爪先を見下ろして喋り始めた。

琉星は母子家庭で、物心ついた時から母と二人きりの生活を送っていた。

小学生の頃、大人しい性格の琉星はたびたびいじめの標的にされたが、忙しく働いている母親を心配させたくなくて、いじめられていることはずっと黙っていた。クラスメイトにぶたれて頬を腫らして帰っても「ただの喧嘩だよ」と言い張った。

「あるとき、公園でクラスメイトたちにちょっかいをかけられていたら、怖い顔をしたお兄さんが飛び込んできてくれたんです。『お前ら何してんだ』って、一声で皆逃げていきました」

以前雅真も同じ話を自分にしてくれた。でも気づけなかった。今の今まで、雅真の存在自体を忘れていたからだ。

今ならばわかる。あれは雅真だった。確信を込めて雅真を見れば、嘆息交じりに呟かれた。

「……なんで今更思い出すんだ」

やっぱり、と琉星は身を乗り出す。

「やっぱりあれ、雅真さんですよね？　あの後も何度も公園に来て、滑り台の下の土管でよく昼寝してましたよね？」

喋っているうちにどんどん当時の記憶が鮮明になってきた。

雅真に助けられた後もなかなかいじめは収まらず、学校帰りに突き飛ばされたり水をかけられたりした日は、必ず公園に立ち寄った。せめて体の腫れが引くまで、濡れた服が乾くまでは家に帰れない。母を心配させてしまう。

人目から隠れられる土管の中は琉星のお気に入りの場所で、いつものようにそこへ潜り込んだら雅真がいた。頭の下で手を組み寝転んだ雅真が、片方の頬を腫らしていたのを覚えている。

自分と同じようにいじめられているのか、と一瞬思ったが、この人に限ってそれはない、とすぐ打ち消した。子供から見ても、雉真には強者の風格があったからだ。

　それでも頬の腫れは見過ごせず、「大丈夫ですか？」と声をかけたが無視された。何度か声をかけると「うるさい」と怒鳴り返され、びくびくしながら土管を出た。

　一度はその場を離れようとしたが、思い直して公園の水道でハンカチを濡らし、意を決して土管に戻った。寝転んだ雉真の頬に濡れたハンカチを当てようとすると、雉真が目を開けてこちらを睨む。琉星は思い切って雉真の頬の上にハンカチを落とすと、あたふたとその場から逃げようとして、失敗した。

　雉真に肩を摑まれ、土管の中へ引きずり込まれる。また怒鳴られるのかと体を固くすると、雉真の指がさらりと琉星の頬を撫でた。

『お前こそ腫れてるだろうが』

　眉毛のない顔は表情がわかりにくいのに、瞳だけは雄弁だった。こちらを案じてくれているのがわかったから嬉しくなって、琉星はたちまち雉真に懐いたのだ。

　土管の中で寝ている雉真を見つけると、琉星もいそいそとその中に入った。雉真はいつも寝ていたし会話はほとんどなかったが、邪険に追い出されないだけで琉星は満足だった。

　あの日も、靴を隠された琉星は日が暮れるまで学校中を探し回り、体育館の裏で発見したそれを履いて家路を急いでいた。途中、公園の前を通りかかると滑り台の下の土管から革靴を履いた足がはみ出ているのが見えた。「お兄さんだ」と思った琉星は躊躇なく土管に近づき、声をかける間もなく中に引きずり込まれて初めて、そこにいたのが雉真ではないと気づいたのだ。

「あの後のことはよく覚えていないんですが、雉真さんが助けてくれたんですよね？」

「助けたというか……偶然見かけたから酔っ払いを蹴り上げただけだ」

「それを助けたって言うんです。その後僕を家まで連れて行ってくれたのも？」

「そりゃ、あの場に置いとくわけにもいかないだろ。お前に家まで案内させた」

雉真は琉星に横顔を向け、あまりこちらを見ようとしない。昔の話をされるのは居心地が悪いのだろうか。それとも催眠術にかかっていたときの記憶があるから態度がぎこちないのか。

琉星は雉真に向かって深く頭を下げる。

「あのときは、本当に有難うございました」

雉真がようやく視線だけこちらに向けてくれて、琉星はまじまじとその横顔を見詰めた。

「あの頃とは別人みたいですね。背が伸びて、骨格まで変わったみたいで」

素敵になった、と言いたいところだが飲み込んだ。雉真はもう、琉星からそんな言葉など聞きたくないだろう。

雉真は正面に視線を戻すと遠くを見詰める顔をして、ようやく決心がついたのか正面から琉星の顔を見た。

「お前は驚くほど変わってないな」

「え、そ、そうですか……？」

そんなに子供っぽい顔をしているだろうか。複雑な心境で自分の頬に手で触れると、雉真がふっと目元を緩めた。

「自分のことは自分でやらないと気が済まないところがそのままだ。あの馬鹿を自分で殴った気概は評価するが、もう少し腰を入れろ。なんだ、あの猫パンチ」

自分でも腑抜けたパンチを打った自覚はある。しかしまともに喧嘩をしたこともない琉星にはあれが精一杯だったのだ。

格好がつかず、琉星は顔を赤くして話題を変えた。

「雉真さんは、いつから僕に気づいてたんですか？」

「最初から」

あっさりと言い放ち、雉真は長い脚を組んだ。

「尾白がとんずらして、連帯保証人の欄を確認したときだ。なんたってお前、雲母琉星だからな。一目見たら忘れないだろ、この字面は」

「でも、僕、雉真さんに自分の名前を教えたことなんて……」

公園で何度か顔を合わせたものの、互いに自己紹介はしていなかったはずだ。雉真は喉の奥で笑い、「ハンカチ」と言った。

「俺の頬を冷やしてくれたハンカチに名前が書いてあった。ひらがなで『きらら　りゅうせい』って。きららとはまたどんな漢字だって自力で調べたぞ」

機嫌よく笑う雉真に視線を奪われ、うっかり返答が遅れた。もう催眠術は解けているはずなのに、雉真は以前と変わらぬ柔らかな眼差し（まなざし）を向けてくる。見惚れ（みと）ていると、雉真が片手を伸ばして琉星の頬に触れた。

「人の顔に濡れたハンカチ落として逃げようとしたな？」

咎（とが）めるような口調に反して、目が笑っている。

「どう見ても怯えてたくせに、どうして放っておかなかった」

「手当てを、しようと思って……」

「い、痛そうだったので」

雉真が笑う。目を細め、唇を弓形にして。そういえば笑顔が上手くなるという暗示はそのままだったか。だからこんなに優しい顔をして笑うのかと思っていたら、頬に触れていた雉真の手が後ろ頭に移動して、そのまま胸に抱き寄せられた。

「十数年ぶりに再会したときも、同じことをしてきたから驚いた」

広い胸から慣れた煙草の匂いがして息が乱れる。後ろ頭を撫でる手が優しくて泣きそうになった。どうして今更こんなに大事に扱われるのかわからない。

「俺が殴られた後、ペットボトルの水を買って戻って来ただろう。冷やせって」

言葉を切り、雉真は少しだけ声の調子を改めた。

「あのとき、なんだかわからんが、とんでもなくレアなもんを見つけた気分になった。こいつはこの先も一生変わらないんだろうなと思って、手元に置いておきたくなった」

雅真は琉星の後ろ首を指先で撫で、髪に鼻先を埋めて笑う。催眠術が解ける前と同じ仕草だ。

「そうでなくとも、俺の人生を決定づけた一言を放って寄越した相手だ。どうにか助けてやりたくなった。でも、『自分のことは自分でしないと意味がない』なんてガキの頃から言い張ってたからな。単純に金を貸すと言っても受け入れないだろうと思って、一芝居打った」

「芝居……？」

「ああ。名刺に書いてあっただろう。『愛の催眠術師』だったか？　それを見てとっさに」

琉星は雅真の腕の中でひとつ瞬きをして、勢いよく顔を起こした。

「し、芝居って……!?」

驚愕に目を見開く琉星を見て、雅真は声を立てて笑う。

「さすがに信じないかと思ったが、ころっと騙されたな。もう少し他人を疑え」

「ま、待ってください！　かかってなかったんですか、催眠術！」

「かかってない」

雅真は笑いながら身を屈め、琉星の頬に掠めるようなキスをする。琉星は雅真の唇が触れた頬に手を当て、震える声で尋ねた。

「かかってないなら、どうしてこんなこと……」

「催眠術なんてかけられなくてもお前に惚れてる」

さらりと口にされた言葉を聞き逃しかけ、一拍置いてから息を呑んだ。

愕然と目を見開く琉星を見下ろし、雉真は密やかに笑う。

「死ぬまで変わらないでい続けてくれるものを懐に入れておきたくなった。軽い気持ちで懐に放り込んだら……駄目だな、もう手放せそうもない」

目の周りが熱くなったと思ったら、その熱が目の奥にまで伝わって視界が潤んだ。瞬きを堪え、琉星は一心に雉真を見上げる。

「じゃあ、本当に……」

「かかってない。かかるわけないだろう。本当にカウンセラー目指してるのか？　雑なことしやがって」

「暗示の上書きも……？」

雉真は苦笑しながら琉星の目元に唇を落とす。

「かかってない。泣くな、期待する」

目尻に唇が触れた途端、決壊するように涙がこぼれた。

涙が雉真の告白に対する答えのようなものだ。琉星は上ずりそうになる声で雉真を詰る。

「う、上書きするとき、悩んだのに……っ、最初から全部、言ってくれたらよかったじゃないですか……！」

琉星の涙を唇で受け止め、雉真は反対の目元にも唇を寄せた。

「お前、子供の頃公園で怖い目に遭ったって言っただろ。最初は酔っ払いに絡まれたことかと思ったが、もしかすると俺に出会ったことも含めて言ってるのかと思ったんだ。試しに当時の写真を見せてもお前は俺を思い出さないし」

雉真の声が沈んで、琉星は慌てて首を横に振った。

雉真のことを忘れていたのは、酔っ払いを蹴り倒した姿があまりに鮮烈だったからだ。雉真を思い出せば自然とあのシーンが蘇り、芋づる式に酔っ払いに土管の中に引きずり込まれたことまで思い出してしまう。それを阻止するために雉真の存在自体を記憶の底に沈めてしまったのだろう。

そんなようなことをしどろもどろに伝えると、目の前がふっと翳った。煙草の残り香がしたと思ったら、雉真に唇をふさがれる。

触れたときと同じ速度でゆっくりと唇が離れる。

硬直する琉星を見て、雉真が小さく噴き出した。

「隙が多過ぎる」

「そ、そんな」

「ついでにお人好しが過ぎる」

唇に吐息がかかる距離で、雉真が笑いを噛み殺す。

「俺に催眠術をかける機会は何度もあったのに、一度も自分の利益になるようなことは言わなかったな。借金をチャラにしろとか」

「だって、そんなのは、卑怯ですし……」

「うっかりソファーに押し倒したときは、さすがに『金輪際触るな』なんて暗示をかけられるかと思ったが……あの状況で『笑顔が上手くなる』って、お前……」

堪えきれなくなったのか、雅真が肩を揺すって笑い出した。

思い返せば確かに自分のやっていたことは随分と間が抜けている。雅真は一向に笑い止まないし、どうすればいいのかわからなくなって琉星は涙目のまま雅真の唇をふさいだ。自分の唇で。

雅真の笑い声がぴたりとやんだ。おずおずと唇を離すと、至近距離で視線が交わる。

雅真はゆっくりとした瞬きをすると、掠れた声で呟いた。

「もっと警戒してくれ」

声の端から後ろ頭を片手で摑まれ、引き寄せられて深く口づけられる。

「ん、ぅ……っ！」

驚いて声を上げようとしたら、薄く開いた唇の隙間に舌を押し込まれた。琉星の口内をざらりと舐めた舌は熱く苦い。抱き寄せられると、雅真がまとっている煙草の匂いが濃くなった。

屋外だ、と言いたかったが、襟足を撫でられながら深く舌を絡めとられると抵抗する気力が根こそぎ奪われてしまう。雅真の指先は襟足から耳の後ろに移動して、するすると琉星の首を撫で下ろした。

「ん、ん……」

ふるりと背筋が震えた。ふらふらと手を上げて雉真の胸に片手をついたが、押しのけるどころかワイシャツを握りしめてしまう。

雉真は琉星の舌に自身の舌を押しつけ、吸い上げ、甘く噛むと、最後に琉星の濡れた唇を一舐めして唇を離した。

「このまま押し倒していいか？」

「は、え……っ、だ、駄目です……っ、外ですよ！」

「外じゃなければいいのか」

ごく短い沈黙の後、琉星はカッと耳まで赤くした。それを肯定の意と受け取ったのか、雉真は小さく音を立てて琉星の唇にキスをする。

「今夜はうちに来い。お前のベッドもそのままにしてあるが、どっちがいい。自分のベッドで寝るか？　俺のベッドに来るか？」

琉星は唇を戦慄(わなな)かせ、雉真の視線から逃れるように深く俯く。

明日もバイトがあるので帰ります、などと言えれば良かったが、タイミングがいいのか悪いのか、明日の早朝バイトは休みだ。

琉星はおずおずと顔を上げると、消え入るような声で答えた。

「……雅真さんの、ベッドで」

雅真の笑みが深くなる。

琉星のことを好きになるという暗示と同様、笑顔が上手くなるという暗示にだってかかっていないはずなのに、雅真は琉星の気後れを一切合切押し流す屈託のない顔で「了解」と笑った。

雅真の車で事務所に戻ると、まっすぐ三階へ向かった。

裏口の鍵を開け、階段を上り、部屋に入るまで、雅真はずっと琉星の腰を抱いてキスを続けた。髪や瞼や耳元、階段の途中で一度立ち止まって唇に深いキスをして、琉星の腰が砕けそうになったところで頬に唇を滑らせる。

宥めるようなキスをしながら階段を上がり、三階まで来たところでまた深く口づけられた。あと数歩で靴を脱げるというのに、待てのできない大型犬のようだ。

「あ……っ、は……」

階段を上りながらキスをしたせいか、それとも雅真のキスが容赦なかったせいか、部屋に辿り着いたときには息が上がっていた。灯りもつけないまま、二人でもつれ込むように寝室へ入る。

足元の覚束ない琉星をベッドに押し倒し、雅真は飽きもせず琉星の顔にキスの雨を降らせた。くすぐったさに首を竦めているとあっという間にワイシャツのボタンを外され袖を抜かれる。

恐ろしく手際がいい。

ベルトのバックルに雉真の手がかかり、さすがに制止しようとしたら深く唇を捕らわれた。

「んん……っ」

抗議の声は熱い舌に搦めとられて言葉にならない。酒と煙草を嗜むせいか、微かに苦い舌が口内を好き放題舐め上げる。口の中を食い散らかされているような気分だ。押しつけ合った唇の隙間から漏れる息が荒い。

キスに翻弄されている隙にバックルを外され、スラックスの中に雉真の手が入って来た。下着の上から体の中心を撫でられ体が跳ねる。

雉真は舌を引くと、琉星の濡れた唇を舐めて薄く笑った。

「勃ってる」

直截的な言葉をかけられ耳が熱くなった。否定したいところだが、雉真の指でなぞられたそれは言い逃れのしようもなく固く張り詰めていく。気恥ずかしくて顔を背けようとすると唇を噛まれた。根元から先端までゆっくり辿り下ろされ、心許ない声しか出ない。

「男との経験は？」

琉星の唇を甘噛みしながら雉真が囁く。たっぷりと吐息を含ませた声に睫毛を震わせ、琉星は素直にないと答えた。

薄い布の上から先端をこすり、雉真が喉の奥で笑う。

「初めてなのに男に触られて反応するなら上等だ。素質があるんじゃないか？」

「あっ、や……」

大きな掌(てのひら)全体で敏感な場所を撫で回されて息が上がる。同性に触れられているという嫌悪感はなかった。それよりも雅真の胸や首筋から漂う肌の匂いにくらくらする。煙草の匂いが交じったそれを嗅いでいると、暗がりの中でも雅真だと強く実感して体が熱くなった。

「ん、き、雅真さん、は……？」

驚くほどためらいなく触れてくるが、同性と体を重ねることに躊躇はないのだろうか。雅真は「今更それを訊(き)くのか」と笑って琉星の下着の中に手を入れてくる。

「俺は男も女もどっちもいける」

いわゆるバイセクシャルらしい。驚いたが、それよりも直接触れてきた指の熱さに声を呑んだ。中心を掴まれ、軽く上下に扱(しご)かれて背中が反り返る。あっという間に先走りが溢れ、雅真が手を動かすたびに粘着質な音が響いた。

「あ、あ……っ」

晒(さら)した喉に吸いつかれ、喉仏が大きく上下した。急所とも言える場所をざらりと舐められ背筋が震える。雅真の息も軽く上がっていて、肌に触れる吐息の熱さにまた追い立てられた。琉星は震える指を握りしめて雅真の肩を叩く。

「雅真さん……っ！　やだ、や、もう……っ！」

「いきそうか。随分感度がいいな」

からかうように笑って手を止めた雉真は、琉星のスラックスと下着を一息で脱がせてベッドの下に放り投げた。

全裸にされた琉星は身を守るようにシーツの上で体を丸める。寒さと羞恥で震える琉星の肩に唇を落とし、雉真も手早く服を脱いでナイトテーブルからローションとコンドームを取り出した。手元を凝視していると、「珍しいもんでもないだろ」と笑われる。

「お前は枕営業なんてしそうもないが、プライベートで使ったことくらいあるだろう？」

「い、いえ、その」

「こっちはないか？　まあ、妙な効果はないから心配するな」

雉真がローションのボトルを軽く振る。妙な効果とはなんだろう。ローションどころかコンドームすら使ったことのない琉星は無言で頷くことしかできない。

雉真は琉星の足を開かせるとその間に陣取り、掌にローションを落とした。緊張で忙しない呼吸を繰り返す琉星に気づいたのか、唇に笑みを浮かべて身を倒してくる。

唇の端にキスをされ、また深く舌を絡まされるのだろうかとドキドキしていたら、濡れた指が窄まりに触れた。

びくりと肩が跳ねる。驚いて雉真の顔を見上げると、ちゅ、と軽やかな音を立てて唇にキスをされた。

「ここに触られるのは初めてか……？」

雅真の目が、かつてないほど熱を帯びている。吐息を含んだ声は低く、耳の産毛を撫でられたようで首筋が粟立った。

顎先を下げるようにして微かに頷けば、そうか、と息の掠れるような声で呟かれ、狭い入り口をほぐすようにゆるゆると撫でられた。

「あ、あ……あ……」

未知の感覚に身が竦んだ。楽にしろ、と言われたが難しい。困り果てていると、所在なくシーツを摑んでいた琉星の手に雅真の手が重ねられた。背中に、と短く促され、言われるままおずおずと雅真の背に腕を回す。

雅真の体が近づいて、互いの胸が触れ合った。少しだけ汗ばんだ雅真の肌は熱く、緊張で冷えていた体に熱が染み込む。

頑なな入り口に触れていた指が会陰に移動した。すりすりと撫でられてうろたえる。そんな場所、自分でも滅多に触らない。けれど繰り返し撫でられると腹の底がむずむずしてきて、唇から熱っぽい溜息が漏れてしまう。

「あ……っ」

優しく押し上げられて声が出た。体の奥からじわりと何かが染み出してくる。明確な快感とは違うが、腰の辺りが落ち着かない。

雉真が首を伸ばして琉星の耳を口に含む。たっぷりと唾液で濡れた舌で耳殻を舐め回され、柔らかな耳朶(みみたぶ)に歯を立てられた。

「んん……っ」

雉真の体の下で身をよじる。気持ちがいいと言うより、ひどくいやらしい気分だ。雉真の指と唇と体温に緊張を溶かされる。会陰を押し上げていた指が移動して窄まりに触れても、もう最初のような緊張感はなかった。心はとっくに、雉真にすべて委ねてしまっている。

「あ、あぁ……っ」

指が中に入ってきて、雉真を抱き寄せる腕に力がこもる。痛みはさほどでもないが、体の中に異物が侵入してくる違和感は度し難い。それでも雉真の指はずるずると奥まで入ってくるので、恐ろしくなって雉真の背にしがみついた。

「や、やだ、あ、あ……っ」

「ん、もう奥まで入ったぞ」

指のつけ根まで呑み込まされ、息苦しさに忙しない呼吸を繰り返す。息が整う間もなくゆっくりと指を引かれ、琉星は悲鳴じみた声を上げた。

「ひっ、や、やぁ……っ！」

押し込まれるより引き抜かれる方が違和感は大きい。とっさに雉真の背中に爪を立てる。背中を引っ掻かれた雉真は嫌な顔ひとつせず、それどころか眉尻を下げて笑った。

「気持ち悪いか。慣れないうちはそうだろうな」

こんな感覚に慣れる日がくるのだろうか。思っているうちに再び指を押し込まれた。じっくりと指を回されて息を引きつらせれば、強張った頬にキスを落とされる。

「初心者を相手にしたことはなかったが、一から教え込むのもいいもんだな」

指を抜き差しする雉真の口調はどことなく浮かれている。内側を蹂躙（じゅうりん）される苦しさに琉星が涙交じりの声を上げれば、もう一方の手が琉星の雄に添えられた。

くったりと力を失っていたそれを掌に包み込まれると、腰の奥に微かな熱が灯（とも）った。

「ん……ん、や……」

上下に扱かれ、柔らかかったものに芯が通る。しかし先程よりは反応が鈍い。後ろを拓（ひら）かれる苦しさに気を取られ、素直に快感を追いかけることができない。

雉真は両手にローションを垂らしてゆるゆると琉星を追い上げる。深く指を埋めたまま屹立（きつりつ）だけ刺激され、だんだん後ろの違和感が薄れてきた。

琉星の声が甘く蕩（とろ）けてきた頃合いを見計らい、雉真が指を二本に増やした。今度は違和感というより明確な痛みを感じ、琉星はぐっと声を詰まらせる。

「きつそうだな」

琉星の顔を覗き込んだ雉真が眉をしかめる。額には薄く汗がにじんでいて、余裕がないのが見てとれた。慣れた相手ならとっくに挿入まで進んでいるところだろう。いい加減うんざりし始めているのではと不安になって、「ごめんなさい」と鼻声で謝ると驚いたような顔をされた。

「なんで謝る。むしろこっちが謝るところだろうが。初心者の緊張をどうやってほぐしてやればいいかわからん」

どうしたものかな、と呟いて、雄真は琉星の顔を見下ろす。

「催眠術でもかけてやろうか？」

予想外のセリフが飛び出して、琉星はぽかんと口を半開きにした。できるんですか、と尋ねれば、さあ、と首を捻られる。

「でもお前は根が素直だからな。素人の暗示にもかかりそうだ」

「そんな、簡単なものでは……」

「まずはお前が信じろ。最初はなんだった？　『大きく息を吸って』か？　『リラックスしてください』だろ？」

声に笑いを含ませて雄真が琉星のセリフをなぞる。こんな状況なのに楽しそうな雄真の顔を見たら、強張っていた肩からわずかに力が抜けた。言われた通り大きく息を吸う。

「目を閉じて」

瞼にキスをされ、大人しく目を閉じた。

「体の力を抜いて。大きく息を吐いて」

言われるまま息を吐けば、同じタイミングでぐっと奥を突かれた。驚いて目を開けると、雄真が唇に艶やかな笑みを刷く。

「奥まで入った」

「あっ、う、ちょっ……」

「ほら、目を閉じろ。まだ途中だ」

唇を戦慄かせながら、琉星はもう一度目を閉じる。二本の指が出入りする息苦しさを必死でやり過ごしていると、嚙みしめた唇に吐息がかかった。

「そうだな……。暗示の内容は、キスをするたび気持ちがよくなる、なんてどうだ？」

薄く目を開くと、互いの鼻先が触れ合う距離に雉真の顔があった。至近距離から目を覗き込まれ、これは催眠術でいう魅了法ではないかと思う。

催眠の導入で、被験者に術者の目を見詰めさせたまま暗示を与える方法だ。長く他人の目を見続けるのは難しい。それを逆手にとって意図的に威圧を与え、被験者に軽い現実逃避を起こさせるのが目的だ。意識が内側に向くので暗示にかかりやすくなる。

まさか雉真がそんな方法を知っているとも思えないが、効果はありそうだ。雉真に見詰められると平常心を保てない。

「一度キスをすると、まず痛みが和らぐ。二度目で苦しさが消える。三度目で気持ちがよくなる」

「あ……え……？」

「覚えろ。一回目でどうなる？」

琉星は忙しない瞬きをする。喋っている間も唇に雅真の息がかかって落ち着かない。熱くて苦い舌が好き勝手口の中を暴れ回る感触を思い出したら唾が湧いた。

視線が雅真の薄い唇に釘づけになって、琉星はごくりと喉を鳴らした。

「痛く、なくなる……？」

雅真は無言で目元を緩め、琉星の唇にそっとキスを落とす。

「あ……」

薄く唇を開けて待っていたのに、雅真の舌が琉星の唇を割って入ってくることはなかった。角度を変え、何度も押しつけるようなキスをされて琉星はとろんと目を閉じた。すりすりと唇を押しつけられると気持ちがいい。体から力が抜けていく。

最後に小さなリップ音を立てて雅真が顔を上げる。

「暗示にかかったか？」

緩慢に指を抜き差しされ、琉星はぶるりと背中を震わせた。

なんとなく、痛みが遠ざかっている気がする。単純に慣れてきたのだろうか。入り口の引きつれるような痛みは確かに和らいでいた。

迷いながらも小さく頷くと、雅真が声を押し殺して笑った。

「かかるのか。素直だな」

「か、かかってないかもしれません」

「そう言うな。もう少しやってみよう。ほら、二回目だ。次はどうなる？」

「……苦しくなくなる」

　言い終えると同時に唇を軽く噛まれた。薄い皮膚の表面にちりっとした痛みが走って爪先が跳ねる。

　今度のキスは唇を舐めたり噛んだりする、少し動物的なものだった。繰り返し舐められて、ぽってりと赤くなった唇を吸い上げられる。痛いような、むず痒いような気持ちになったところで強めに噛まれて声が出た。自分でも聞いたことのない蕩けきった声だ。

　口の中が疼いてきて琉星は薄く唇を開く。誘うつもりで唇の隙間から舌を出してみたが、雉真は覗いた舌先を舐めることはしても、深く絡ませることはしない。焦らすようなキスをしながら、琉星の奥に埋めた指でじっくりと中を探る。

「ん、ん……」

　ちらちらと舌先を舐められながら指の腹で中を押し上げられると、会陰を押されたときのように腹の奥が熱くなった。けれど絶頂に追い上げられるほどの激しさはなく、決定的な刺激につながらないのが焦れったい。

　奥まで押し込まれた指を抜かれる途中、ひくりと琉星の腰が震えた。それに気づいた雉真が指を止め、抜きかけた指を押し戻す。指先が同じ場所に触れると、びりっとした刺激が走ってまた腰が揺れた。肘を強くぶつけたとき、指先まで痺れが走るあの感覚に少し似ている。

琉星の唇を吸い上げて、雉真がおもむろに顔を上げた。琉星の顔を見下ろし、おかしそうに喉を鳴らして笑う。

「そう簡単に暗示にかかると、逆に不安になってくるな？」

「か……かかって、ません……」

「そんなとろんとした顔で言われて信じられるか。もう少し気をしっかり持て。好き勝手しちまうぞ」

中で指をぐるりと回され息を詰めた。痛くはないし、指を動かされる不快感も薄れている。まさか本当に暗示にかかったのだろうか。だとしたら自分が単純すぎて情けない。

雉真の指が浅いところに戻ってくると、ぴくりと爪先が震えた。痺れるような感覚は快とも不快ともつかない。困惑していたら、それまで雉真の手で緩く握り込まれていた屹立を上下に扱かれた。

「あ……、あっ⁉」

不意打ちに腰が跳ねる。中にある雉真の指を締めつけてしまい、その硬さに背筋の産毛がぶわりと立ち上がった。

「あ、あっ、あぁ……っ」

腹の奥がむずむずするような痺れが明確な快感にすり替わった。唇から溢れる声の質が変わってしまうのを隠せない。苦痛をやり過ごすそれではなく、たっぷりと愉悦を含んだ甘ったるい声だ。

急速に射精感が駆け上がってきて大きく背中をしならせる。爪先が不随意に跳ね、あと少しで達すると思ったそのとき、ふいに琉星を追い上げていた雅真の手が止まった。

「あっ……！」

寸前でかわされ、唇から悲鳴のような声が漏れる。

雅真は後ろを探っていた指も引き抜くと、枕元に放り出されていたコンドームに手を伸ばした。

「先にイクと辛いぞ」

恨みがましい顔をする琉星を笑顔でいなし、雅真は慣れた仕草で小さなパッケージを開けて自身につける。足を抱え上げられ、入り口に熱の塊を押しつけられてぐっと息を呑む。

「ほら、息しろ。折角の催眠術が解ける」

ローションで濡れた入り口にぬるぬると先端をこすりつけられ、唇から熱い溜息が漏れる。狭い場所に熱い切っ先が押し入って来て、琉星は切れ切れの声を上げた。

「ひ、あ、ぁ……」

催眠術にかかっているはずなどないのに、体は従順に雅真を受け入れる。押し開かれる痛みはあるが、眉根を寄せてこちらを見下ろす雅真を見ているとそれどころではなくなった。欲情を隠さない雅真の視線に体温が上昇して、痛みが熱に溶かされる。

「は……はぁ……あっ」

切っ先が狭い場所を割り開き、体の奥深いところまで熱が伝わる。痛みより、ひたひたと胸に迫る充足感に喉を仰け反らせた。

「あ、あ……あぁっ！」

雅真が深く身を倒してきて、耳元でふっと息を吐く。入った、と短く告げられ、琉星は瞼を痙攣させるような瞬きをした。胸の奥から熱いものがせり上がって来て涙ぐんでしまいそうだ。好きな人に求められるのが、こんなにも幸福な気持ちになれることだなんて知らなかった。

「さすがに途中で泣きが入るかと思ったが、お前なかなか根性あるな？」

乱れた息の下から囁いて、雅真が琉星の膝を撫でる。慈しむような手つきにほっと息をついたのも束の間で、雅真の手は膝から内腿を回り、雅真を受け入れた部分に指が這った。

「ひぁ……っ！」

目一杯広げられて敏感になった場所を撫でられ体が跳ねた。しがみつくように中にいる雅真を締めつけてしまい、腰の奥に痺れが走る。

雅真は一瞬目を眇めたものの、すぐ口元に緩やかな笑みを浮かべた。

「切れてはいないな？」

表情こそ笑顔だが、琉星を見下ろす目は獣のようにぎらついている。不安とも期待ともつかないものが背筋を舐めて身を震わせると、見る間に雅真の顔が近づいてきた。

「催眠術、覚えてるか？　三回キスしたらどうなる？」

唇に息がかかる。本当に催眠術にかかってしまった気分だ。もう一度キスをするのが怖い。でも間近に迫る雅真の唇にも触れたい。

期待が不安を押しのけて、琉星は切れ切れの声で答えた。

「気持ち、よく……なる……っ」

言葉の端から荒々しく唇を塞がれた。唇の隙間から苦い舌が押し入って来て、琉星の口内を無遠慮に蹂躙(じゅうりん)し始めた。

「ん、んん……っ！」

待ち望んだ深い口づけに陶酔する暇もなく突き上げられる。内臓を押し上げられるような衝撃に驚いて雅真にしがみつくと、応えるように雅真も琉星の体を抱き返してきた。

「ん……っ、んぅ……」

ゆるゆると揺さぶられながら、口の中の濡れた粘膜を余すところなく舐め回される。固く抱きしめられると胸の奥がジンと震えた。

深いところで雅真を受け止め、抱きしめられて、雅真の体温で溶かされてしまいそうだ。

強く舌を吸い上げられ、体をびくつかせたところで雅真の唇が離れた。揺さぶられながら顔を覗き込まれる。ベッドの軋む音に、雅真の掠れた笑い声が重なった。

「気持ちよさそうな顔して……」

琉星はとっさに顔を背ける。これ以上雉真の言葉に惑わされたくない。そう思うのに、雉真は琉星の耳に唇を当て、艶を帯びた声でとんでもないことを言う。

「最初に言ったな？『キスをするたび気持ちがよくなる』って」

「……っ、え」

「もっとしたら、もっと気持ちよくなるんじゃないか？」

雉真の唇が耳元から頬に移動して、琉星はとっさに両手で雉真の口をふさいだ。

「だっ、駄目、です……っ、あっ！」

下から大きく突き上げられて、雉真の口をふさぐ掌がずれる。二度、三度と突き上げられながらも必死で雉真の口に手を当てていると、掌をべろりと舐められた。

「ひっ、あっ、あぁっ」

突き上げも激しくなって、あえなく琉星は雉真の顔から手を離した。雉真は肩を震わせて笑いながらも、琉星を揺さぶるのは止めない。

「なんだ、そんなにキスされたら困るのか」

「だ……っ、て……！」

「これ以上気持ちよくなったら困る、か？」

口を開いたがまともな返事はできなかった。柔らかくほころんだ場所を容赦なく突き崩され、その動きに合わせて短い声しか出てこない。仕方なく首を縦に振ると、雉真が声を立てて笑った。

「お前な、本当にお前——」

続きは笑いに呑み込まれて言葉にならない。さすがに恥ずかしくなって雉真の肩を叩くと、仕返しのように最奥を抉（えぐ）られた。

「あぁっ……！」

しなる体を押さえつけ、雉真は笑いながら琉星の唇にキスをする。触れるだけのキスなのに、繰り返されると雉真を受け入れた部分が熱く蕩けてきて、琉星はいやいやと首を横に振った。

「やだ……や、あ……あぁ……っ」

「気持ちよくて嫌、か。困ったもんだな」

機嫌よく笑いながら雉真は琉星の唇にキスをする。ちゅ、ちゅ、と可愛（かわい）らしい音を立てながら、腰の動きだけは容赦がない。雉真を受け入れた場所が粘着質な水音を立てる。

内側から溶けて崩れてしまいそうだ。互いの腹の間で勃ち上がったものがこすられて一層追い詰められる。強めに唇を噛まれて爪先が跳ねた。勢いよく突き入れられ、内側が震え上がるように雉真に絡みつく。

「あ、あぁ、あ——……っ」

仰け反った喉に雉真が歯を立てる。荒い息遣いが肌を撫で、堪えきれずに吐精した。喉元で雉真も低く呻いて、ぶるりと全身を震わせる。

「は……はっ……ぅ……」

荒い呼吸を繰り返している間も、深々と埋められた雉真の熱を感じて息が震える。胸を引きつらせるように息を吸っていると、雉真にざらりと喉を舐められた。

爪先がぴくりと反応する。緩慢に視線を下げると、同じ速度で視線を上げた雉真と目が合った。

暗がりの中、雉真の目は未だ獣に似たぎらつきを残していた。まさかと思う間もなく、雉真が伸び上がって琉星の唇にキスをする。

「もう一回」

要求は短い。それでいて声は恐ろしく甘ったるい。

まだ息も整わないまま、琉星は無言で首を横に振る。ただでさえ連日のバイトで体力が底を尽きかけているのだ。本気で青ざめる琉星の頬を、雉真は優しい手つきで撫でた。

「じゃあ、催眠術でもかけるか？」

「き、雉真さん……！」

「キスをするたびにもっとしたくなる、でどうだ」

言いながら雉真が唇を寄せてきて、琉星は慌てて自分の口を手で覆った。

琉星のささやかな抵抗など意にも介さず、雉真は琉星の手の甲にキスをする。目を伏せて、

琉星の手に長く長く唇を押し当ててからゆっくりと離す姿は許しを請うように見えなくもない。

言葉もなく繰り返しキスをされ、琉星はおずおずと口を覆う手を下ろした。

雉真は柔らかく目尻を下げ、今度こそ琉星の唇にキスをする。

その直前、笑いを滲ませた声で言った。

「知ってるか。催眠術ってのは、相手が本気で嫌がる暗示はかけられないそうだ」

柔らかく唇が重なって、至近距離から目を覗き込まれた。

「本気で嫌でなければ、また暗示にかかってくれ」

返事をする前にキスをされた。端から琉星に答える隙を与える気などないのではと疑うくらい、キスは次々と降ってくる。

最初こそ抵抗しようと試みた琉星だが、すぐに諦めて自ら雉真の首に腕を回した。

仕方がない。キスをするたびしたくなるのだ。

雉真には、どうやら催眠術の才能があるらしい。


借金から解放された琉星は、程なくホストの仕事を辞めた。指名客もついてきたところだったので店長には引き留められたが、性格や体質的にかなり無理をしていた自覚はあったし、雉真が「人の恋人に色目を遣わせるつもりか?」と店長に凄んでいたのでスムーズに店を離れられた。

ちなみに尾白は琉星と入れ替わりにホストクラブへ戻り、再び指名ナンバーワンに返り咲いたそうだ。駆け落ちした社長夫人とはすでに手が切れているようで、雉真と加賀地に地道に借金を返済しているらしい。

ホストクラブを辞した琉星は、雉真の事務所でアルバイトを始めた。今度こそ真っ当な時給での勤務だ。さらに言うなら雉真にどうしてもと頼み込まれ、以前住んでいたアパートを引き払って事務所の三階に住んでいる。

恋人になって間もないのにいきなり同棲(どうせい)か、と琉星は二の足を踏んだが、最後は雉真に押し切られた。

寝室は別々にしてほしいと願い出ると露骨に不機嫌な顔をされたが、「試験勉強に集中したいんです」と訴えたら案外すんなり了解してくれた。

今にして、あれは正しい選択だったと思う。寝室が別々でもしょっちゅう雉真のベッドに引きずり込まれるのだから、同じベッドで眠っていたら本気で試験勉強どころではない。

催眠術にかかっていないとわかった後も、雉真の態度は以前と変わらなかった。仕事中はそれなりに節度を持って琉星に接してくるが、三階の自宅スペースに戻るとべったりだ。毎朝琉星を起こしにくるのも忘れない。

朝、まだ琉星が布団の中でまどろんでいると、ノックの音と共に「おはよう」と声をかけられる。布団の上から抱きしめられ、琉星はまだ半分眠ったままうっすらと笑った。

頭からかぶっていた布団を引き下げられ、閉じた瞼にキスをされる。じゃれるようなキスにくすくすと笑っていた琉星は、今日が日曜だと思い出し慌てて起き上がった。事務所が休みの日は、このまま雉真がベッドに潜り込んでくることが多いからだ。

琉星の懸念など雉真にはお見通しなのだろう。あたふたと身を起こした琉星を笑い飛ばして肩を抱く。

朝から機嫌のよさそうな雉真を見上げ、琉星は頭に寝ぐせをつけたまま「意外です」と呟いた。

「雉真さんって、あんまり恋人とべたべたするタイプには見えなかったんですが、そうでもないんですね。甲斐甲斐(かいがい)しいし」

こんなギャップがあるなら歴代の恋人たちはさぞ雉真に傾倒したことだろう。そんなことを思っていたらあっさり否定された。

「いや、お前の言う通りべたべたしたり甲斐甲斐しくしたことなんてないぞ」

「え……でも、今」

もしや自分のしていることを自覚していないのだろうか。やはり暗示にかかっているのでは、と不安になっていたら、雉真に喉元を撫でられた。

「お前の借金を肩代わりするために、店の連中の前で催眠術にかかった振りをしただろう。中途半端な演技だとあいつらに嘘を見抜かれる可能性があったからな。普段の俺なら絶対やらないようなことをやってみせただけだ」

「そうだったんですか……？」

「こうして毎朝お前を起こしてることが知れたときなんか、店の連中に悲鳴を上げられたぞ。別人というより化け物を見るような目で見られた」

猫の子をあやすように琉星の首を撫で、雉真は柔らかな声を立てて笑う。琉星は忙しない瞬きをして、雉真からそっと体を離した。

「だったら、どうして今も、演技を続けてるんですか……？」

少し声が震えてしまったことに雉真は気づいただろうか。客や部下に対しては厳しい雉真が、自分にだけ甘い顔を見せてくれることに胸をときめかせていただけに、演技だと知って少なからずショックだった。

しばらく待ったが、なかなか雉真からの返事はない。不審に思って横目を向けると、前触れもなく伸びてきた腕に抱き寄せられた。何事かと顔を上げれば、頬や額や鼻筋に次々キスが降ってくる。

「き、雉真さん？　あの、本当はこういうのしないんですよね……？」

「する必要がない。と思ってたな。大人しくベッドに上がってきてくれるなら相手なんて誰でもいい」

「最低じゃないですか」

「最低だろう」

反省するどころか愉快そうに笑い、雉真は琉星の髪にもキスをした。

「でも、お前を構い倒したおかげで気が変わった。新しい扉を開いた気分だ。甘やかして掻き口説くのがこんなに楽しいもんだとは」

「た、楽しいですか？」

楽しいな、と繰り返し、雉真はまた琉星の顔にキスの雨を降らせる。肌の上を滑るように移動する唇は心地よく、琉星は微かな溜息をついた。

「演技じゃないんですよね……？」

「演技じゃ面倒臭くて続けられないだろ」

「だったら、嬉しいです……」

ぽそっと本音を口にすると、雉真の唇がゆっくりと離れた。顔を覗き込み、琉星にだけ聞こえる声で囁く。

「俺も、そうやってたまに応えてもらえるのがたまらなく嬉しくてやめられん」

「た、たまにってわけでは……」

「そうか？　じゃあ今も応えてくれるか？」

言うが早いかベッドに押し倒されて、琉星はぽかんとした顔で雉真を見上げた。窓からは健全な朝日が差し込んでくるというのに、当たり前のような顔でパジャマのボタンに手をかけられ慌てて身をよじる。

「そうやってすぐ手を出してくるから！　だからなかなか応えられないんですよ！」

「でも今のはいい雰囲気だっただろう。昨日の夜は勉強に集中したいって言うから我慢したんだ。ご褒美をくれ」

「あ、朝からこれじゃ意味が……」

喋っていたら唇に人差し指を押し当てられた。言葉を切った琉星を見下ろし、雉真は唇を綺麗な弓形にする。

「催眠術、かけるか？」

琉星は首を横に振る。けれど半分は無駄な抵抗であることもわかっている。

雉真は身を倒すと、琉星の唇に当てた人差し指にキスをした。

「キスをしたら、お前も続きがしたくなる」

暗示というより宣言だ。琉星の口に押し当てられた指がどかされ、唇にわざとらしく息を吹きかけられた。

「安心しろ、本当に嫌な暗示ならかからない」

琉星の抵抗など半分は照れ隠しだとわかってやっているから質が悪い。赤くなって黙り込む琉星に、雉真は軽やかな口調で告げる。

「目を閉じて？」

素人催眠術師にそそのかされ、琉星は自分の意思で目を閉じた。

記憶の中のメロディー

柔らかなオルゴールの音が耳を撫(な)でる。懐かしい旋律だ。小学生の頃に音楽の授業で習ったような、クラシックの名盤。でもタイトルが思い出せない。なんだったろう、と思いながらうっすらと目を開ける。

目覚めたのはベッドの上で、シーツに淡く縞(しま)模様の日差しが落ちていた。ブラインドから差し込んでくる光だ。

ぼんやりと瞬(まばた)きをする間もオルゴールの音色は続いている。音の出所を探して身じろぎをしたら、腰の辺りに重たい腕が絡みついていることに気づいた。

振り返れば、雉真(きじま)が後ろから琉星(りゅうせい)を抱き込んで眠っていた。互いに服は着ておらず、腰に回された腕や、背中に当たる胸から心地よい体温が伝わってくる。

昨晩、雉真の腕の中で散々乱れて意識を失った醜態を思い出し、顔を赤らめながら枕の下に手を突っ込んだ。指先に携帯電話が触れ、素早く取り出して目覚まし時計のアラームを切ると、室内に響いていた微(かす)かなオルゴールの音も消えた。

時刻は朝の五時半。いつもよりだいぶ早い起床だが、七月に入って日の出が早くなったおかげで、外はすっかり白んでいる。

雉真を起こさぬようオルゴールなんて優しい音色のアラームを使っていた琉星は、そっとべッドを抜け出そうとして動きを止める。

（そうだ、母さんから電話が入ってたんだっけ……）

昨日、眠る前に目覚ましをセットしようとして、母から着信があったことに気がついた。すぐに折り返そうかと思ったが、遅い時間なのでやめてメールを打とうとしていたのだ。その矢先に雉真に後ろから抱き込まれ、そのままベッドに連れ込まれてしまったのだが。

今日は土曜日だし、この時間では母親もまだ起きていないかもしれない。ベッドの中でメールだけ返そうとしていたら、腰に回されていた雉真の腕に力が加わった。引き寄せられ、驚いて振り返ると半分しか瞼を開けていない雉真と目が合った。

「……何時だ？」

起き掛けの雉真の声は低い。語尾は吐息に溶け、気の緩みを感じさせる声音にどきりとした。それを隠し、普段通りの口調で答える。

「五時半です」

「……まだ夜だろう」

「朝ですよ。すみません、起こしてしまって」

「起きるには早すぎる」

ベッドから出ようとしたが、後ろからがっしりと抱き寄せられて身動きが取れない。さらに、頭のてっぺんに頬ずりをされ、眠たそうな声で「ここにいろ」と言われて心が揺らいだ。昨日は遅くまで起きていたし、琉星だってまだ眠い。素肌から伝わってくる体温は心地よく、気を抜くとすぐに瞼が落ちてしまいそうだ。

　あと五分ぐらいなら、と迷っていると、腰に回されていた雅真の手がするすると動いて胸まで移動した。指先が胸の尖(とが)りに触れる。昨夜の情事でしつこく弄(いじ)られたそこはいささか過敏になっていて、びくりと体を震わせてしまった。

　耳の裏で、雅真が小さく笑う気配がした。再び胸の突起に指を這(は)わされ、琉星は慌てて寝返りを打って雅真の体を押しのけた。

「も、もう起きます！　今日は勉強がしたいんです！」

「こんな朝早くからすることもないだろう」

「朝じゃないと時間が取れないんです」

　現在琉星は、雅真の営む金融会社でアルバイトをしながら、会社のビルで寝泊まりをしている。ビルの一階は受付カウンター、二階は事務所で、三階は社長である雅真の生活スペースだ。琉星はこの三階で雅真とともに生活していた。

　本来なら家賃や光熱費も折半したいのだが、雅真は「そんなもん払うくらいなら酌でもしてくれ」と言って受け取ってくれない。琉星も生真面目に深夜まで晩酌につき合うので、雅真が事務所から引き上げてくると勉強どころではなくなってしまう。

　琉星自身、恋人になったばかりの雅真と過ごせるのは嬉(うれ)しくもあり、勉強を理由に酌を切り上げることも難しい。だからこうして早朝に目覚ましをかけたのだ。

「臨床心理士の資格試験も近いので、そろそろ本腰を入れないと……」

「試験は十月じゃなかったか？　まだまだ先だろう」

「三ヶ月なんてあっという間です。雅真さんはまだ眠っていてください」

僕は起きます、とベッドを降りようとしたら、今度は正面から抱きしめられた。

「試験なんて受けず、このままうちの事務所で働いたらどうだ？　お前にその気があれば今日からでも正社員にするぞ」

「僕はカウンセラーになるのが目標で……」

「うち専属のカウンセラーになったらどうだ」

消費者金融会社専属のカウンセラーなんて聞いたこともない。一体どんな仕事だと思っていたら、背中に雅真の指が触れた。背骨をひとつひとつ数えるように撫で下ろされて背筋が反る。指先は腰に至り、尾骶骨(びていこつ)から続く狭間(はざま)にまで滑り込んできてぎょっとした。

気を失う直前まで雅真を受け入れていた部分に触れられそうになって身をよじると、互いの下半身が軽く触れた。雅真の下半身は緩く兆していて、琉星はカッと顔を赤らめる。

寝起きだからか、はたまた他に理由があるのか。恐る恐る雅真の顔を見ると、すでに眠気など取り払った顔でうっすらと微笑(ほほえ)まれた。

「目が覚めちまったな」

「そ、れは……すみません、どうぞごゆっくり二度寝してください……」

「つれないこと言うな。昨日は早々とお前が眠ったもんだから淋しい思いをしたんだぞ」

眠ったというより気を失ったという方が正しい気もする。言い返そうにも、雅真が不埒な手つきで尻など揉んでくるので声が上ずった。

「あ、朝からいかがわしいですよ……！　もっと他にすることないんですか！」

「思いつかんな」

「もう少し清らかな心でいてください……！」

必死の形相を浮かべる琉星がおかしかったのか、雅真が喉の奥で笑う。

「だったら、暗示でもかけてみるか？　俺の心が清らかになるように」

額に唇を押しつけられ、琉星はむっと眉を寄せた。

「僕の暗示は効かないんでしょう……」

恋人になる前、琉星の催眠術にずっとかかっているふりをし続けていた雅真だ。今更蒸し返すつもりかと思ったが、こちらの顔を覗き込む雅真は機嫌よく笑って「わからんぞ」などと言う。からかわれているのは明白で、琉星はますます眉間の皺を深くした。

「そんなこと言うと、本当に暗示をかけますよ」

「いいな、久々だ。最初は『目を閉じて』、だったか？」

「術者が指示する前に目を閉じないでください」

完全に遊ばれているのを自覚しながら、琉星は改めて雅真の顔を見る。

目つきが鋭く、無表情だと近寄りがたい雰囲気のある雅真だが、こうして瞼を閉じるといくらか印象が丸くなる。彫りの深い目元や高い鼻を視線で辿り、男前だな、と束の間見惚れてから雅真の頬に指を添えた。

「それでは、リラックスしてください。深く息を吸って……」

琉星の言葉に合わせ、雅真の肩がゆっくりと上下する。暗示をかけられているときの雅真は素直だ。術者である琉星の言葉に抗う素振りを見せない。

「掌がポカポカしてきたのがわかりますか?」

「ああ……このまま眠っちまいそうだから早いとこ暗示をかけてくれ」

「大人しく眠ってくれた方が健全でいいんですが」

こら、と雅真が薄目を開ける。出会った当初なら、こんなふうに半眼で睨まれたら震え上がってしまっただろうが、今はちっとも怖くない。なんだかんだ雅真が自分に対して甘いことを知っているので、笑いながらその頬を撫でる。

「ちゃんと目を閉じて、深く息を吸ってください。それでは……三つ数えると、貴方の心は子供に戻ります。子供時代の、清らかな心をどんどん思い出してきます」

そりゃどういう意味だ、と呟きつつも、雅真はきちんと瞼を閉ざしたままだ。

琉星は繰り返し雅真の頬を撫で、ゆったりとした口調で続けた。

「心だけでなく、肉体も子供の頃に戻っていきます。そうしたら、性欲も少しは抑えられるかもしれませんし」

「性欲の乏しい恋人なんてつまらんだろう」

「こうやって添い寝してもらってるだけでも、十分僕は幸せですよ」

雉真の瞼がぴくりと動いた。我ながら恥ずかしいことを言ってしまったと気づいて、慌てて雉真の目を片手で覆う。

「あと、貴方はだんだん眠くなる！　三つ数えたら眠くて眠くてもう目を開けられなくなります。いいですね、では――三、二」
一、と言うが早いか手首を取られ、雉真の目を覆っていた手を引き剝がされた。雉真はすっかり目を開けていて、琉星と視線が絡むなり目を細める。
「眠気も吹っ飛ぶようなことを言っておいて、そんな暗示がかかると思ったか？」

「こ、子供の心は……！」

「そっちはかかった。子供らしく遠慮なく欲しがるつもりだ」

「暗示を都合よく解釈しないでくださいよ！」

「だったらもっと具体的な暗示をかけたらどうだ。セックスがしたくなくなるとか」

腰を抱き寄せられたと思ったら、耳元で蜜をまぶしたような甘い声がした。

「そんなんだから、本気で嫌がってはいないんじゃないかと期待されちまうんだぞ？」

耳の端にキスをされ、かぁっと耳全体が熱くなった。顔を上げ、違います、と訴えようとした唇がキスでふさがれる。

雉真のキスは巧みだ。あっという間に体が熱を帯びる。勉強をしなければと思うのに、キスも体温も心地がいい。抵抗する気力が容易く押し流されてしまう。

そのまま雉真に組み敷かれ、結局琉星がベッドを出たのは、普段と変わらぬ時間になってからだった。

雉真消費者金融の一階カウンターは午前九時から受付が始まるが、二階の事務所に社員が集まるのは八時頃だ。琉星はこのビルで寝起きしていることもあり、誰より早く事務所に下りてきて部屋の掃除などしてから仕事にとりかかるようにしている。

雉真の会社は朝礼を行わないし、社員も事務作業より夜討ち朝駆けの取り立てに出ていることの方が多いので、まばらにやってくる社員たちは各々パソコンを立ち上げ仕事を始める。そのほとんどはスーツ姿で、一見するとまっとうな事務員たちのようだ。返済を渋る債務者を、怒号とともに追い詰める荒くれ者の集団には見えない。

アルバイトとして働いている琉星はネクタイこそ締めないものの、事務所に来るときはワイシャツにスラックスという服装がほとんどだ。

八時半を回る頃、雉真も事務所にやって来た。事務所にいた社員たちが口を揃えて「おはようございます！」と声をかけるが、雅真は軽く頷いただけで返事をしない。今日も今日とて黒いシャツに黒いスラックスを着て、革靴まで黒と全身真っ黒だ。

ただでさえ長身で強面な雅真が全身隙なく黒をまとうと、いやがうえにも不穏さが増す。雅真がやってきただけで事務所の雰囲気全体がダーティーになる気がするから不思議だ。

自席についた雅真は、早速難しい顔で書類を睨んでいる。今朝、琉星をベッドに引き留めたときとはまるで違う顔だ。目尻を下げて琉星にキスをしていたのが嘘のように不機嫌極まりない顔をしている。

自席に置かれたパソコンの陰からその顔を覗き見て、琉星は小さな溜息をついた。

せっかく早めに目覚ましをかけておいたのに、今朝は全く勉強ができなかった。だからと言って雅真を恨むのはお門違いだ。雅真は強引なようでいて、琉星が本気で拒めば手を引くだけの常識は持ち合わせている。今朝に関しては抗いきれなかった自分が悪い。

（なんだかんだ、僕自身が浮かれてるんだよな……）

琉星にとって、雅真は初めての恋人だ。おそらく恋愛においては百戦錬磨だろう雅真があの手この手で琉星を構い倒してくるのだから、浮かれてしまうのも致し方ない。

とはいえ試験の日が近いのも事実だ。今日から心を入れ替えようと気持ちを引き締める。

（そういえば、まだ母さんに連絡してない……）

今朝もバタバタしていてすっかり返信を忘れていた。さすがに仕事中に私用の電話をするわけにもいかないし、昼休みまで待つしかなさそうだ。

母の用件は大体わかっている。数日前、実家からちょっとした保存食を送ってくれたそうなのだが、琉星が以前住んでいたアパートを引き払っていたせいで荷物が戻ってきてしまったらしい。母親には引っ越したことをまだ連絡していなかったので大変驚かれた。

すぐに電話がかかってきたのだがそのときもタイミング悪く電話に出ることができず、後からメールで引っ越し先の住所など教えておいた。母としては、なぜそんなに急に引っ越しが決まったのか直接理由を聞きたいのだろう。

しかし、どうその経緯を説明すべきか。

友人の連帯保証人になって五百万の借金を背負った、などと言ったら心配されるのは間違いない。借金はチャラになったが、今は消費者金融会社の社長の家で暮らしている、と言ったらもっと心配されそうだ。

(雉真さんは僕を助けてくれたんだけど……でも絶対びっくりするよなぁ。消費者金融会社の社長と同居なんて……)

雉真はクリーンな消費者金融を目指しているのだ、と説明したところで受け入れてもらえるか疑問だ。琉星も少し前まで消費者金融という言葉に後ろ暗いイメージを持っていただけに、どう頑張っても母親に不安を抱かせてしまいそうで足踏みしている。

どうしたものかと思っていたら、事務所の扉が勢いよく開いた。飛び込んできたのは、開店前に店先の掃除をしていたはずの男性社員だ。琉星よりいくらか年下の社員は、あたふたと雉真の席に駆け寄ると裏返った声でこう告げた。

「し、社長、下に……っ、親父さんがいらしてます……！」

人の少ない事務所にその声はやけに大きく響き渡って、琉星だけでなく他の社員も顔を上げて雉真を見た。

険しい顔で書類を睨んでいた雉真もゆっくりと顔を上げる。様子を窺っていた琉星はその顔を見て、うっかり悲鳴を漏らしかけた。

雉真の顔に浮かんでいたのは、これまで見た中で一番剣呑な表情だ。悪友の加賀地と対峙したときでさえここまで険しい顔はしていなかった。下手に声をかけたら本気で机を蹴り倒しそうな迫力に呑まれてしまったのか、雉真の前に立つ社員は青い顔で立ち竦んでいる。

「……始業時間前だぞ」

およそ人の声帯から発せられたとは思えない、重たく低い声で雉真が言う。雉真に睨まれた社員はかわいそうなくらいに震え上がり、掠れた声で「お、お引き取りいただきますか？」と尋ね返した。

それに答えようと雉真が口を開いたのと、事務所のドアが開いたのはほぼ同時だった。

「せっかく業務の邪魔にならん時間に来てやったのに、追い返すつもりか」

しゃがれてぶっきらぼうな声が事務所に響く。声のした方に目を向ければ、スーツ姿の男性が大きくドアを押し開けたところだった。

年は六十の前半といったところか。灰色がかった髪を後ろに撫でつけ、口元に髭を生やしている。一直線に雉真を見る眼光は鋭く、説明を受けるまでもなく一発で雉真の父親だとわかった。不穏な目元がそっくりだ。

相手はスーツを着ているのに、どう足掻いても堅気には見えない。どこぞの組の組長などと言われたら、疑いもなく信じてしまうだけの威圧感がある。

雉真の父親は革靴の踵を鳴らして事務所に入ると、雉真の机の近くにいた社員を押しのけるようにして雉真の前に立った。

「……なんの用だ」

不機嫌を煮詰めたような声で雉真が言う。琉星のいる席からでは雉真の父親の顔は見えないが、その肩が大きく上下したのはわかった。溜息をついたようだ。

「ご挨拶だな。本来なら債務者が足を運ぶべきところを、こっちから来てやったんだぞ」

「呼ばれりゃあ行った。事前の連絡もなくここに来るな」

親子とも思えぬぎすぎすした会話だ。

近くにいた社員が気を利かせて雉真の父親のもとにパイプ椅子を持っていく。それに礼を言うでもなく、雉真の父親はどかりと椅子に腰かけた。

「資金繰りが厳しいらしいな？　特に先月と先々月。客からの回収が遅れてる」

前置きもなく本題を切り出され、雉真がぐっと眉間を狭めた。忌々し気なその顔を横日で見つつ、琉星は隣の席にいた社員にこそっと声をかけた。

「あの……、あちらの方は、雉真さんのお父さん、ですよね……？　僕、お茶とか淹れてきましょうか……？」

「いや、いい。どうせすぐ帰るから、気にすんな」

琉星と同じく、極限まで声を潜めて社員は首を横に振る。

最初こそ社内で異物扱いされていた琉星だが、なんだかんだとバイト歴も長くなり、社員たちも気さくに口を利いてくれるようになった。こうして声をかけても邪険にされることがなくなったので、思い切って質問を続ける。

「もしかして、雉真さんとお父さんって、あまり仲が良くないんですか……？」

「当たり前だろ。あれが仲のいい親子の会話か？」

雉真と父親の声は低すぎて聞き取りにくかったが、必死で耳をそばだててみれば、金を貸しただの返すだのという言葉が切れ切れに聞こえてくる。どうやら雉真は父親から金を借りているようだ。しかも、単純に子供が親から金を借りたという雰囲気ではなく、返済期限や利子などが厳密に定められているようである。

気になってしまって、琉星は隣にいる社員にさらに尋ねた。

「そういえば、雉真さんのお父さんも消費者金融の会社を……」

「ああ。うちよりよっぽどデカい会社構えてるぞ」

雉真の父のことは、雉真本人から少しだけ話を聞いている。父親もまた消費者金融を営んでおり、幼い頃の雉真が「金貸しの子」といじめられていたことも。それ以上詳しく雉真の実家について尋ねたことはなかったのだが、雉真の父が経営する消費者金融会社の名前を社員から教えられて驚愕(きょうがく)した。たまにテレビでコマーシャルを流している、琉星さえその名を知る会社である。

「あの会社、雉真さんのお父さんが……!?」

「ああ、雉真弦十郎(げんじゅうろう)っていったらこの業界じゃ有名だぞ」

目を丸くする琉星を笑い飛ばし、社員がぼそぼそと耳打ちしてくる。

「社長はこの会社を立ち上げるとき、親父さんの会社から金借りてんだよ」

「そうだったんですか……。じゃあ、雉真さんのお父さんがさっきからこの会社の業績が悪いことを随分気にされているのは……」

「そりゃ、会社が潰れたら金が回収できなくなるからな」

息子が心配で様子を見に来た、というわけではなさそうだ。弦十郎にはこの会社の業務状況が筒抜けらしく、先月と先々月の回収率が悪かったことをしきりと指摘されている。

「先月と先々月、何かあったんですか?」

「そりゃ、お前……」

　社員は何か言いかけたものの、琉星と目が合うと曖昧に言葉を濁してしまう。その顔を見て、はたと気がついた。先々月といえば、琉星が同僚の尾白から借金を背負わされ、雅真の会社に転がり込んできた月だ。琉星を連帯保証人にして姿をくらませた尾白を探し回っていたのは、誰あろう雅真である。

「尾白の捜索をしていたせいで、仕事が滞ってたんですか……？」

　社員は口ごもったものの、じっと返答を待つ琉星を見て観念したようだ。

「まあ、少しな。あのときは取り立てに割く人数が減って、二人くらい客に逃げられた」

「そうだったんですか……」

　自分のせいで、と青くなる琉星を見かねたのか、社員がフォローを入れてくれる。

「金額的には大したもんじゃないんだよ。ただ、親父さんは回収できなかったことにこだわるタイプなんだ。たとえ五万しか貸してなかった客でも、うっかり逃がすとこうやって社長のところに釘を刺しに来る」

　それにしても、と社員は頭の後ろで両手を組んだ。

「今日の社長はやたら大人しいな。いつもは親父さんが来ると嫌味の応酬になるのに……腹でも壊してんのか？」

　言われてみれば、雅真は父親が次々浴びせる質問や確認事項に短く相槌を打つばかりで、あまり自分から発言をしていない。普段、客を相手にしているときは机を蹴り飛ばさんばかりの勢いでまくし立てるのに。

「いつもああなんですか？」

「いやいや、いつもはお互い怒鳴り合いだよ。下手すると相手の胸倉掴むこともあるから、毎回はらはらしてたんだけどなぁ」

「とてもそんなふうには見えませんね……」

胸倉を摑むどころか、雉真は目を伏せがちにしてあまり父親の顔を見ていない。まさか本当に具合でも悪いのかと案じていると、急に弦十郎が立ち上がった。話は終わったらしく、別れの挨拶もなく雉真に背を向けて事務所を出ていく。

廊下に出る直前、弦十郎が一瞬だけ事務所内を振り返った。雉真を見たのだろうか。無表情なので何を思っていたのかはわからない。再び踵を返したそのとき、何かがこつんと床に落ちた。

ごく微かな音だったが、部屋の入り口に近い場所に座っていた琉星の耳には届いた。立ち上がってドアに近づくと、目ざとくそれを見つけた雉真に声をかけられる。

「琉星、どうした」

「いえ……今、雉真さんのお父さんが何か落とされたような……」

「放っておけ」

不機嫌そうな声で命じられ、床に向けていた顔を上げようとしたそのとき、目の端できらりと何かが光った。タイピンのようだ。拾い上げてみると、小さな宝石がついている。いかにも高価そうなそれを放っておくわけにもいかず、雅真を振り返ってタイピンを頭上に掲げてみせた。

「お父さんが落とされたみたいです。届けてきます」

「よせ、捨てろ」

「そんなわけにはいかないでしょう」

苦笑して、琉星は事務所のドアを開ける。

廊下に弦十郎の姿はすでになく、折り返しになった階段の踊り場にもその姿は見受けられない。すでに一階に行ってしまったようだが、声をかければ届くだろうと「すみません！」と声を張り上げた。

階段に向かって足を踏み出すと、背後で事務所の扉が勢いよく開いた。

大きな音に体をびくつかせて振り返ると、怒ったような顔の雅真が事務所から飛び出してきたところだ。そちらに気を取られて、足元が疎かになった。

ずるりと階段を踏み外し、あっと思ったときにはもう体が大きく傾いていた。

とっさにどこかへ手を突こうと腕を伸ばしたが、指先が階段の壁をこすっただけで何も摑めない。しまったと思ったがもう体勢を立て直すことは難しく、せめて衝撃に備えようと身を固くしたそのとき、ぐっと肩を摑まれ引き寄せられた。

「……っ！」

目の前が暗くなったと思ったら、全身を大きな揺れが襲った。体をもみくちゃにされるような衝撃の後、どっと肩を壁に打ちつける。

鈍痛に低く呻いて、恐る恐る目を開けた。階段から落ちたにしては衝撃が少ないと思ったら、雅真にしっかりと抱きしめられていた。琉星を助けようとした雅真もろとも踊り場まで落ちてしまったらしい。

雅真を下敷きにしていることに気づいた琉星は、一瞬で青ざめてその上からどいた。

「雅真さん！　大丈夫ですか！」

雅真は低く呻きながら身を起こし、大丈夫だ、と短く答える。顔を顰めているがどこか痛めたのだろうか。おろおろと様子を見ていると、雅真がゆらりと視線を動かした。

踊り場に座り込んだ雅真が見ていたのは、一階にいた弦十郎だ。雅真と琉星が階段から転げ落ちてきたというのに、眉一つ動かさず無言でこちらを見ている。

一階のカウンターはまだ開いておらず、社員も出てきていないのか電気がついていない。薄暗いその場所で、弦十郎は抑揚乏しく呟いた。

「相変わらず、お前は甘いな」

未だ立ち上がることのできない雅真に対して発せられた第一声が、これだ。階段から落ちた雅真を案じるどころか、呆れた様子で鼻を鳴らす。

「他人を庇って何になる。上に立つお前がそんな調子だから、この会社全体の取り立ても甘くなるんだ。金利もぬるい。きちんとうちに金が返せるんだろうな？」

「……返済が滞ったことはないはずだが」

踊り場の床に座り込んだまま、雉真は低い声で返す。

雉真が右腕をきつく握りしめていることに気づいて、琉星ははらはらしながらその肩に手を置いた。もしかすると怪我をしているのかもしれない。

弦十郎はそんな息子の様子に頓着もせず、軽く肩を竦めた。

「返済期限を繰り上げてやるなんて息巻いていた奴が、滞納しないだけで精一杯か」

雉真は何も言い返さない。いつもなら他人に言われっぱなしではないのに、やけに大人しい。社員が言っていたようにどこか具合でも悪いのか、はたまた階段から落ちたときにひどく体を痛めたのだろうか。

「この前も客を取り逃したらしいが、仏心を出したわけじゃないだろうな？　また右手が動かなくなっても知らんぞ」

無言を貫いていた雉真の肩先が反応した。緊張したように肩が強張る。傍若無人な雉真らしからぬ反応だ。

（また、右手が動かなくなる……？）

どういう意味だろうと思ったが、弦十郎がまだ何か続けようと口を開いたのを見て我に返った。琉星は勢いよく立ち上がると、体に残る鈍痛を無視して階段を駆け下りる。

「おい……っ！」

背後から雉真の焦ったような声が追いかけてきたが振り返らず、弦十郎に駆け寄って拳を突き出した。

「これ、さっき落とされたタイピンです！」

弦十郎は琉星の拳を見て、自分のネクタイを見下ろし、無言で左手を差し出した。シンプルな革の時計と指輪をつけたその掌にタイピンを落とし、琉星は硬い表情で告げた。

「雉真さんの手当てをしたいので、お話はまた今度でもよろしいでしょうか」

こうして真正面から顔を突き合わせると、弦十郎も雉真に負けず劣らず眼光が鋭い。この年代の人にしては背が高く、無言で見下ろされると膝が震えそうになった。

弦十郎は琉星を眺めてから、その背後へと視線を向ける。

「こいつはバイトか？」

後ろで物音がしたので振り返ってみれば、雉真が壁に手をついて階段を下りてくるところだった。足取りが危なっかしいので慌てて駆け寄ろうとすると、引き留めるように弦十郎に肩を摑まれた。後ろから顔を覗き込まれてぎょっとする。

「お前に懐くような人間には見えないが……まさか客を囲って返済を待ってやってるんじゃないだろうな？」

ぎくりとした。今でこそ借金はないが、雉真に借金を肩代わりしてもらって始まった関係だ。半分は当たっているだけに言葉に詰まっていると、弦十郎に目を眇められた。

「それとも、何か特別な相手か？」

今度こそ息が止まりそうになった。特別、の意味を測りかねて声を失う。まさか恋人だとばれたか。弦十郎は息子の恋人が同性だと知ったらどんな顔をするだろう。いかにも厳格そうだが、男同士なんてありえないと激怒したりはしないだろうか。どう転んでも面倒なことになる想像しか浮かばず、琉星は青い顔で首を横に振った。

「ち、違います……特別とか、そういうわけでは……」

うろたえて、情けないくらいに声が震えてしまった。

弦十郎はそんな琉星をじっと見て、ふん、と鼻から息を吐いた。

「太い金づるってわけでもなさそうだな」

琉星はぽかんとした顔で弦十郎を見上げ、次いでかぁっと顔を赤らめた。

（と、特別って、そういう意味か……！）

早とちりしてしまった自分が恥ずかしくて顔を伏せると、後ろから腕が伸びてきて問答無用で引き寄せられた。

弦十郎の手が肩から離れ、その場から引っこ抜かれるように雉真の胸に抱き寄せられる。見上げた雉真は憤怒の表情を浮かべていた。ぎしぎしと奥歯を嚙む音まで聞こえてくる。言葉こそないが、琉星にちょっかいをかけた弦十郎に全身で抗議しているようだ。

弦十郎は雅真の顔を見返して、表情もなく言った。

「ここ数ヶ月、新規顧客が減ってるな。回収率も落ちている」

「……こっちにも事情があったんだよ」

「経営者の個人的な事情など知ったところではないな。来月までに何かしら業務改善策を提示しろ。でなければ返済期限を前倒しにする」

返済が滞りそうな客から前倒しで金をむしり取るのは鉄則だ。雅真の会社でアルバイトを始めてから、琉星もそんな現場に何度も遭遇した。

弦十郎は雅真に背を向けると、別れの言葉ひとつ残さず非常口から出ていってしまった。

呆然(ぼうぜん)とその後ろ姿を見送っていると、雅真が低く呻いた。はっとして目を上げると、痛みをこらえる表情を隠すように雅真に顔を背けられる。

「雅真さん……！　大丈夫ですか！　やっぱり、階段から落ちたときに怪我を……！」

「……いや、少しひねっただけだ」

雅真は顔を顰め、体の脇にだらりと右腕を下ろした。とてもひねっただけのようには見えず、琉星は慌てて雅真に肩を貸す。

「すみませんでした、僕がうっかりしていたせいで巻き込んでしまって……！　すぐに病院に行きましょう」

雉真は「大げさだ」と苦笑したが、とても楽観する気にはなれない。階段から転げ落ちたとき、完全に雉真をクッション代わりにしてしまったのだ。

弦十郎が残した業務改善という言葉が気にならなかったわけもないが、今は雉真の体の方が心配だ。怪我もさることながら、弦十郎の前でやけに大人しかったのも気がかりだった。元から具合が悪かった可能性もある。

ずしりと重い雉真の体を肩で支え、琉星は張り詰めた表情でよろよろと階段を上がった。


朝一番で近所の病院に飛び込んで診断を受けた結果、雉真は右手首に全治二週間の捻挫を言い渡された。幸い骨や筋に異常はないそうで、右手の甲から腕にかけて分厚いテーピングを施されて帰ってきた。

会社に戻ると、雉真は普段通りに仕事を始めた。治りが早くなるよう、極力右手は使わないようにと医師から言いつけられていたのでペンを持つことこそしなかったが、他はおおむね普段通りだ。キーボードを打つときに左手しか使わないこと以外は、特別変わった様子もない。

弦十郎の前でやけに大人しかったので体調不良も案じていたが、そういうわけでもなさそうで、弦十郎が帰った後は普段の調子で社員や顧客を怒鳴り飛ばしていた。

仕事中は終始そんな様子でやり過ごしていたが、プライベートとなれば話は別だ。

就業時間を終え、一足先に三階の居住スペースに戻った琉星が夕食の支度をしていると、夜の九時を過ぎた頃ようやく雉真が戻って来た。キッチンに立つ琉星を見て、仕事中の不機嫌顔が嘘のように相好を崩す。

「なんだ、今日は何か作ってくれたのか」

雉真も琉星も料理が得意ではないので、食事は外で済ますことが多い。家で食べるときも出来合いのものを買ってくることが多いのだが、今日は久々に琉星が用意した。

「雉真さん、右手が使えないので家の方がいいかと思って……」

箸は使いにくかろうとパスタを作ってみた。麺を茹(ゆ)で、市販のソースを絡ませただけの簡単なものだが、雉真は機嫌よく笑ってキッチンまでやって来る。

「お前が食べさせてくれるのか？」

「ま、まさか！　フォークなら左手でも扱えますよね？」

後ろから腰を抱き寄せられ、焦って声が裏返る。仕事中に雉真が見せる厳しい顔と、プライベートの甘い顔の落差には未だに慣れない。

雉真は琉星の手元を覗き込み、パスタねぇ、と笑い交じりに呟いた。

「利き手と反対の手でフォークにパスタを巻き取るのは、案外難易度が高いと思うぞ」

「あっ、そうか……！　すみません、箸じゃなければ大丈夫かと……チャーハンとかの方が良かったですかね？　スプーンで食べられますし」

すでに二人分のパスタを鍋に投入した後だったが、それとは別にチャーハンを用意しようとしたら雛真に止められた。

「いい。挑戦するだけしてみよう」

「雛真さんに無理をさせるわけには……」

「無理だと思えば諦める。その後はお前がどうにかすればいい」

どうにかの意味がわからず振り返れば、雛真に目を細められた。

「一口ずつ食べさせてくれ」

「……そ、それは」

「『あーんして』ってやつだな」

想像して、琉星はカッと顔を赤くした。

「う、嬉しいですか？　男にそんなことされて……」

「どうだろうな。やってもらったことがないからわからん。試してみよう」

雛真はどうやら本気らしい。止めることもできず、顔を赤くしたまま支度を続ける。

ダイニングテーブルにパスタを並べ、雛真と向かい合わせにテーブルに着く。パスタのソースはカルボナーラだ。一応、湯で溶くだけのインスタントスープも用意している。

早速左手でパスタを食べ始めた雛真だが、やはりフォークは使いにくそうだ。どうにかパスタを巻き取っても、口元までフォークを持ち上げたところでばらばらとパスタが落ちてしまう。

ついでに、カルボナーラのソースはそこそこ飛び散りやすく、雛真の黒いシャツに白いソースが飛ぶ。ここはペペロンチーノにすべきだったか。

（いや……やっぱりチャーハンがよかったんだよな。汁気もないし食べやすい……）

明らかに琉星の選択ミスだったが、雉真は自ら「食べさせてくれ」とは言わず、黙々と食事を続けている。しばらくはその姿を見守っていたが、最後は琉星の方が耐え切れなくなって「手伝います」と声をかけてしまった。

雉真の隣に椅子を引き寄せ、パスタをフォークに絡めてその口元へ運ぶと、にやにやと笑う雉真と目が合った。

「あーんして、とは言ってくれないのか？」

「い、言いません……」

雉真の口元に食事を運ぶだけでも十分気恥ずかしいのだ。小声で言い返すと、雉真は「残念」と肩を竦めて口を開けた。琉星の差し出したパスタを口に含んで、目を細める。

「美味しいですか？」

琉星の問いかけに頷いて、雉真は唇についたソースを舌で舐めとった。

「美味いな。それに、思ったよりも嬉しいもんだ」

男に食事を食べさせてもらって嬉しいのか、と尋ねた琉星に対する返答のようだ。顔を赤くして硬直する琉星に向かって、雉真は再び口を開ける。次の一口の催促だ。

子供じみた要求を突っぱねることもできず、残りの食事はすべて琉星が食べさせた。

食後、雅真は「酒が飲みたい」と駄々をこねたが、コーヒーで我慢してもらった。さすがに怪我をした直後にアルコールを摂取するのは危ない。

リビングのソファーに隣り合って座り、琉星はそろりと雅真の横顔を窺う。

仕事中、ずっと雅真に尋ねたくて、しかしとてもそんな雰囲気ではなく尋ねられなかった言葉を口の中で転がしていると、雅真がこちらを見て「なんだ?」と水を向けてきた。

「あの……雅真さんのお父さんのことなんですけど……」

父親を前にしたとき、あれほど刺々しい表情を浮かべていた雅真だ。話題に出されただけで不機嫌になってしまうのではと危惧したが、思いのほか落ち着いた顔で続きを促された。

「お父さんも、消費者金融会社を経営されてるんですよね? 雅真さん、お父さんからお金を借りているって聞きましたけど……」

「ああ。それが独立の条件だったからな」

雅真はコーヒーをすすりながら淡々とした口調で答える。

幼い頃に母親を亡くした雅真は他に兄弟もなく、長く父親と二人で暮らしていたらしい。高校時代は学校にも通わず荒れていたが、幼い琉星と出会ったことをきっかけに学校に通い直し、大学も卒業した。このまま父親の会社を継ぐのだろうと、弦十郎を含めた多くの者が信じて疑っていなかった。

だというのに、突如雅真が「独立する」などと言い出したものだから、周囲は混乱を極めたらしい。

「雅真さんは、クリーンな消費者金融を目指して独立することを決めたんですよね？　でも、お父さんの会社だって後ろ暗いところはないのでは？　あれだけ知名度もありますし……」

「今はそれなりに法整備されたからな。でも法律に抜け穴があった時代はえぐいことばっかりやってたぞ。そういう過去を踏み台にしてる時点でアウトだ」

コーヒーを飲み干して、雅真はソファーの背に凭れかかった。

「親父からは、自分で社屋を買って会社の看板を出さない限り独立は許さんと言われた。でもな、大学を卒業したばかりの若造に銀行が簡単に金を貸すわけもないいんだよ。だから親父の会社から借りるしかなかった」

「それは……金利が凄かったのでは？」

「銀行よりは断然高いな。数千万単位の金を借りられる利子じゃない。端から潰すつもりかって食って掛かったら、親父に交渉を持ち掛けられた。完全独立ではなく、親父の会社の子会社になるなら金利を下げてやるってな」

それでもなお銀行より金利は高かったが、断れば資金を調達する術もなくなる。雅真は渋々その条件を呑んだそうだ。

「返済が滞らないようにしちゃいるが……あの利子が経営状況をかなり逼迫させてるのは事実だな」

くて……」

「本当にお父さんの会社からお金を借りてるんですね。お父さんのポケットマネーとかじゃな

「当たり前だ。ほとんど嫌がらせみたいなもんだからな」

吐き捨てるような口調で言って、雉真は天井に向かって息を吐いた。

「返済が滞ったら最後、なんだかんだと理由をつけて、月々の返済額やら利子やら吊り上げてくるはずだ。意地でもうちの会社を潰したいんだろう」

「そ、それは、嫌がらせというより、せっかく大きくした会社を、一人息子の雉真さんに継いでほしいからじゃないですか？」

たどたどしくフォローすると、「なんで親父の肩を持つ」と睨まれてしまった。

なぜ、と言われても上手く答えられない。ただ、そうであってくれたらいいなと思っただけだ。琉星は自分の父親を知らないので、同性の親に対する憧れが多分にあるのかもしれない。

雉真もそれに気づいたのか、いくらか声のトーンを落とした。

「うちの場合は正真正銘、嫌がらせだ。昔っから親父とは反りが合わない。お袋がいなくなってからは親父と二人きりで、息苦しいったらなかった」

「……お父さん、再婚はされてないんですか？」

「あんな偏屈な男がコブつきで再婚できるわけないだろ」

父親を悪し様に罵る雉真に、琉星は曖昧に頷くことしかできない。幼い頃から母親と二人で

肩を寄せ合って暮らしてきただけに、親とそこまで不仲になる状況がよくわからなかった。思い返せば琉星は、母親に対して反抗期らしい反抗期もなかったくらいだ。

(僕もお父さんがいたら、喧嘩とかしてたのかな)

無自覚に、淋しいような切ないような顔をしてしまっていたらしい。

横から雉真が手を伸ばしてきて、手荒に琉星の頭を撫でた。しかしうっかりテーピングをした右手を出してしまったらしく、顔をしかめてすぐにその手を引っ込める。

テープで厳重に固定された手は痛々しく、琉星は雉真に向かって深々と頭を下げた。

「すみません。僕のせいで、雉真さんに怪我を……」

「よせ。俺が勝手にやったことだ」

雉真は琉星の言葉を遮ってテーブルの上のカップに手を伸ばしたが、すでに中身が空になっていることに気づいたのか、仏頂面でカップをテーブルに戻した。

これ以上同じ言葉を繰り返すと雉真の機嫌が傾いてしまいそうだ。謝罪の代わりに、琉星はもう一度頭を下げ「庇ってくれてありがとうございました」と礼を述べた。

キッチンで新しいコーヒーを淹れ、雉真の前に出しながら琉星はもう一つ気になっていたことを尋ねた。

「雉真さんのお父さん、一ヶ月後に業務改善策を出すようにって言ってましたけど、どうするんですか?」

雉真は左手でカップを持ち上げ、そうだった、と言わんばかりに顔を顰めた。

「何か、具体的な案を出さないといけないんでしょうか……？」

「だろうな、無駄に手間かけさせやがって……。面倒だな。いっそのこと、これといった改善策も出さずにおくか」

「でも、返済期限が短くなったら月々の支払いが増えるってことですよね？　でなければ、いくらかまとまったお金を先払いすることになるんじゃ……」

「やってできないこともない」

コーヒーに口をつける雉真の横顔は頑なだ。改善策を出したくないというより、唯々諾々と父親の言葉に従うのが嫌なのかもしれない。

（本当に仲が悪いんだなぁ……）

親子の仲がこれほどにこじれてしまったのはなぜだろう。原因があるのか、それとも雉真が言っていた通り、反りが合わないという一点に尽きるのか。

ならば雉真は子供の頃からあの父親に突っかかっていたのだろうか。

（怖い、とか思ったことないのかな……）

弦十郎の冷たい眼差しを思い出してぶるりと背筋を震わせた。同時に、雉真もまた弦十郎の前で肩をびくつかせていたことを思い出す。

「雉真さん、前にも右手を怪我したことあるんですか？」

質問が唐突すぎたのか、雅真が怪訝（けげん）そうな顔をする。琉星は慌てて言葉を補った。

「階段から落ちたとき、雅真さんのお父さんが言ってたじゃないですか。『また右手が動かなくなっても知らんぞ』って」

あのとき弦十郎は、また仏心を出して、というようなことを言っていた気がする。どういう意味かわからず気になっていたのだ。

雅真は無言でコーヒーをすすると、ゆっくりとカップをテーブルに戻した。

「……ガキの頃な」

それだけ言って口をつぐむ。しばらく待ってみたが続く言葉は出てこない。あまり喋（しゃべ）りたい内容ではなさそうだ。

「それよりも、もしまた親父が会社に来てもお前は顔を出すなよ」

直前までの会話を打ち切り、雅真が琉星の方に身を乗り出してきた。コーヒーを手にしていた琉星は中身をこぼしそうになり、慌ててカップをテーブルに置く。

「でも、一応僕もここの社員なので、ご挨拶くらいは……」

「いらん。くだらない嫌がらせをされても困るからな」

「僕なんかにそんなことしますかね……？」

ただのアルバイトでしかないのに、と苦笑したら、雅真が琉星の肩に頭を預けてきた。

「お前だから、何かされるかもしれないんだ」

目を閉じて、雉真は深く息を吐く。どことなく苦しげな表情だった。

(僕だから……？)

雉真の言葉の意味が汲み取れない。自分が弦十郎に目をつけられる理由などあるだろうか。もしや自分が雉真の恋人だとばれると困ることでもあるのか。

(お父さんに弱みは見せたくないのかな)

同性の恋人がいる、という事実を知られたくないのかもしれない。気持ちはわかる。琉星だって母親に雉真のことをまだ報告できていないのだから。

それなのに、父親の目から琉星の存在を隠そうとする雉真を見たら、微かに胸の奥が軋んだ。自分だって同じようなことをしているくせに。

雉真はこれまで、琉星が恋人であることを周囲に隠そうとしなかった。外でも平然と手をつないでくるし、社員の前でもごく自然な仕草で琉星の腰を抱いてくる。今や社内で琉星と雉真の関係は暗黙の公認だ。琉星はそれが気恥ずかしくて、できれば隠してほしいと雉真に頼んできたのだが。

(……自分との関係を隠されるのって、案外淋しいものなんだな)

胸に浮かんだ言葉を口にすることはできず、そっと雉真の頭に頬を寄せる。

いつもの雉真なら、琉星がこんな行動に出れば浮かれた顔を隠しもせずに迫ってくるのだが、今日はやはり大人しい。

薄くコーヒーの香りが漂うリビングで、雅真は琉星の肩に凭れて動こうとしない。それは甘えるというより、傷を負った野生の獣が暗がりでじっと身を潜めている姿に似ていて、琉星も何も言わず雅真に肩を貸し続けたのだった。


雅真は父親に琉星のことを隠したがっている。その理由については、当の琉星にも言いたくないらしい。

隠し事をしている人間の心理状態は不安定になりがちだ。もしかすると、雅真の父親の出現をきっかけに、雅真と自分の関係もぎくしゃくしたものになってしまうかもしれない。

そんな琉星の不安は、結論から言うと全くの杞憂に終わった。

むしろ雅真は利き手が使えないことを口実に、嬉々として琉星につきまとって甘えてきた。料理に関しては最初の失敗を踏まえておにぎりやサンドイッチなど手で食べられるものを用意しているのに、パスタを食べさせてもらったことに味をしめたのか「一口だけ頼む」などと言いながら口を開けてきたりするほどだ。

食事に限らず、身の回りの世話も琉星に焼かせたがった。

琉星も自分のせいで雅真が怪我を負った自覚はあるので、甲斐甲斐しく雅真の面倒を見た。

雅真が風呂に入るため脱衣所へ向かうと、すぐさま自分も後を追う。服を脱ぐ手伝いをするためだ。

「あの、僕が言うのもどうかと思うんですが……こういうときぐらい、ボタンのない服を着たらどうでしょう……？」

脱衣所で、雅真の黒いワイシャツのボタンを外しながら琉星は俯きがちに提案する。雅真は洗面台に背中から寄り掛かって琉星を見下ろし、機嫌よく目を細めた。

「ボタンのない服だと、こうして朝晩お前に着替えさせてもらえなくなるだろう」

「……いちいち僕を呼ぶの、手間じゃないですか？」

「いや？　恥ずかしそうな顔でボタンを外すお前が見られるんだ。悪くない」

雅真が手を伸ばして琉星の頬を撫でる。きっと赤くなっているのだろう。ただの介助だとわかっていても、雅真の服を脱がすのは照れくさい。

雅真からシャツを脱がせ、ベルトのバックルを外すと、琉星は逃げるように脱衣所を出た。ここから先は利き手が使えなくても自力で脱げるはずだ。

「お前も一緒に入るんじゃないのか？」

「あ、後から行きます！」

脱衣所の外から声を張り上げる。雅真はドアの向こうで低く笑って、程なくバスルームへ入っていった。

シャワーの音が響いてくると、頃合いを見計らって再び脱衣所に入る。浴室の扉を叩き、返

事を待って中に入ると、バスチェアに腰かけた雉真がこちらを振り返った。

「なんで服を着たままなんだ？」

「ぼ、僕は、髪を洗うだけですから」

「服が濡れるだろう。脱いでこい」

琉星は無言で首を横に振り、素早くシャワーヘッドを取って湯を出した。一緒に入ればいい、と雉真は不満顔だったが、雉真の前で服を脱いだらどうなるかは想像に難くない。着衣のまま雉真の背後に立ち、雉真に顔を伏せてもらって髪をシャワーで濡らした。

ぎこちない手つきで雉真の髪を洗いながら、水で濡れた背中を見下ろす。広い背中だ。しっかりと筋肉の乗った肩回りに視線を滑らせていると、その肩が小さく揺れた。

「どうした、手元が疎かになってるぞ」

笑いを含んだ声がバスルームに反響して我に返る。雉真の逞しい体にうっかり見惚れていた琉星は、なんでもないです、と慌てて答えてシャンプーの泡を洗い流し、手早くリンスをして再びシャワーヘッドに手を伸ばした。その手を突然雉真に摑まれる。

「やっぱり、服なんて着てこない方がよかったんじゃないか？」

振り返った雉真が、濡れた前髪の隙間で目を細める。

濡れ髪の雉真は色気が凄まじい。一瞬よろめいてしまいそうになり、琉星はとっさに腕を引いた。利き手で腕を摑まれていたらどう足掻いても逃げられなかっただろうが、雉真は左手しか使えない。リンスのぬめりも手伝って雅真の手から逃れると、「あとは自分でお願いします！」とだけ言ってなんとか浴室から脱出した。

毎度この調子で風呂の介助はスリル満点だったが、風呂から上がってしまえば雅真は大人しい。上下揃いのスウェットに自力で着替えて脱衣所から出てきた雅真を、琉星はソファーへ手招きする。ドライヤーで髪を乾かすためだ。

もともとドライヤーはおざなりにしがちだった雅真だが、負傷してからますます雑なことをするようになったので放っておけなくなった。雅真も素直にソファーに腰を下ろし、琉星のするに任せている。

「熱かったら言ってくださいね」

ああ、と応じるものの、今のところ雅真から文句の類を言われたことは一度もない。むしろ髪を乾かされている間、雅真は終始機嫌よさそうに目を閉じていて、なんだか大きな犬の毛でも乾かしているような気分になった。

寝支度が整うと、最後に手首を固定するテープを巻き直す。診療に付き添っていた琉星は真面目に医者からテーピングの方法を教えてもらっていて、自分でもネットの動画などを参考にして懸命にテーピングを行った。

悪戦苦闘しながらテーピングを終え、顔を上げると必ず雅真と目が合った。雅真はいつも嬉しそうな、楽しそうな顔で、見詰められるとなんだか面映ゆい気分になって上手く見返せなかったものだ。

テーピングが外れるまでの二週間、正直に言うと琉星も少し――いや、かなり楽しかった。常日頃、悪気なく自分の意見を押し通し、琉星をいいように振り回す雅真が、このときばかりはこちらの言いなりだ。口を開けてください、と言えば口を開け、上を向いてください、と言えば上を向く。暗示をかけているときより素直だ。雅真の方がずっと年上なのに、なんだか可愛く見えてしまってときめいた。

仕事にもさしたる支障はなく、あっという間に二週間は過ぎた。

会社の定休日、琉星は雅真に付き添って再び病院を訪れた。経過がよければ今日でテーピング生活も終了だ。

待合室で雅真と順番を待っていると、スラックスのポケットに入れていた携帯電話が着信を告げた。取り出してみると、ディスプレイに母の名前が表示されている。

あ、と思わず声が出る。

二週間前に母親の電話を取り損ねてから、まだ一度も連絡が取れていない。琉星の方からも仕事の合間に何度か連絡は入れていたが、そういうときに限って母が電話に出られなかったりとタイミングの合わないことが続いていたのだ。

さすがにそろそろ用件を聞いておきたい。隣に座る雅真にちらりと視線を向けると、すでに着信に気づいていたらしい雅真に軽く頷かれた。

「すみません、すぐ戻りますので……」

「急がなくていい。診療室まで付き添ってもらわなけりゃいけないほどの子供でもないからな」

それもそうだと苦笑して立ち上がる。本来なら琉星が病院に付き添う必要すらなかったのだが、せっかく仕事も休みだし、帰りに外で昼食をとろうと誘われてこうして待合室までついてきたのだ。

琉星は足早に待合室を横切ると、慌ただしく靴を履いて病院の外に出た。

七月も半ばを過ぎ、外に出ると熱く湿った空気が全身を包む。真昼の日差しは真上から突き刺さるようで、病院の前の駐車場に並ぶ車の屋根やボンネットが眩しいくらいの光を跳ね返していた。目の奥に小さな痛みを感じ、何度も瞬きをしながら病院の玄関脇に植えられた庭木の陰に入った。すでに母親からの着信は途切れていたので、こちらから折り返す。程なく電話口に母が出た。

『あ、琉星？　よかった、ようやくつながった！』

電話の向こうで聞き慣れた母の声がする。久しぶり、と返す前に母の言葉が続いた。

『貴方ちゃんと食べてるの？　この前送った荷物、送り返されてきたからびっくりしたわよ！新しい住所にはきちんと届いたのよね？　届いたら届いたって連絡ちょうだい。あ、ふりかけ入れておいたんだけど食べてみた？　美味しいのよ、わかめと小魚とごまが入ってるから体にもよくてね、うちはご飯に混ぜておにぎりにしてるの。食べきれなかったら冷凍しておけば楽でしょ?』

母親からの電話はいつもこんな調子でなかなか口を挟む隙がない。大人しく相槌を打っていると、一通り言いたいことを言い終えたのかようやく本題を切り出された。

『で、どうして引っ越したこと連絡してくれなかったの?』

返答を促すような沈黙が訪れたはいいものの、即答できずに口ごもる。

「ちょっと、いろいろあって」

『いろいろって? 何かトラブルでもあったの? 職場で問題でも起きたとか?』

「うん……勤めてたクリニックが一時的に閉まることになっちゃって」

『だったら今、仕事は?』

「じ、事務のバイトをしてる」

その間にホストの仕事をしていたことは隠しておいた。母親は琉星が酒に弱いことを知っている。いらぬ心配はかけたくない。

『まさか家賃が払えないくらいお給料が下がったから引っ越したの……? でも引っ越し費用だってそれなりにかかったでしょうに』

「いや、それは大丈夫。知り合いが手伝ってくれたから……」

引っ越しは、雉真の部下たちが総出で作業を手伝ってくれた。業者に依頼したわけではないので実質無料だ。雉真がポケットマネーで部下にいくらか配っているかもしれないが。

琉星も謝礼を出すと申し出たのだが、雉真は「謝礼どころか、強引にアパート引き払われたんだから怒ってもいいところだぞ」と笑って受け取ってくれなかった。

『新しい家はどうなの？　家賃は払えてる？』

「ん、うん……というか、その」

恋人の家に転がり込んだ、とは言えずに目が泳ぐ。

まず恋人がいるなどと言ったら、どんな相手なのか根掘り葉掘り尋ねられるのは想像に難くない。年上で同性、と言った時点で母親が絶句する姿が目に浮かぶ。

馴れ初め(なそ)を説明するのも難しい。家族に金の相談ができなかったばかりにホストクラブで働き始め、同僚から借金を押しつけられたなんてどうオブラートに包んでも呑み込めまい。その流れで雉真が消費者金融会社の社長だなどと言ったら、よからぬ誤解を招くこと必至だ。

言葉を探しながら、琉星は自身の足元に目を向けた。ひび割れて白く乾いたコンクリートを見詰め、自分は雉真に関するどの情報を口にすることを最も躊躇(ちゅうちょ)しているのだろうと思う。

雉真が同性であることだろうか。それとも消費者金融という、少し後ろ暗いイメージのある会社を営んでいることか。

母親はどちらにより衝撃を受けるだろう。

そして自分は、どちらの反応に怯(おび)えているのか。

『もしもし？　琉星？　聞こえてる？』

電話越しに響く母親の声で我に返った。顔を上げると顎先から汗が滴る。いつの間にか長電話になってしまったようだ。そろそろ雅真のもとに戻らなければと、慌てて言葉を返した。

「うん、大丈夫、聞こえてる。新しい家は……その、友達の家、なんだ」

『あら、ルームシェア？』

「いや……間借りっていう方が近いかな」

『そうだったの。じゃあ、今度何か送るときはお友達の分も用意しておくわね』

お友達によろしく、と言って母親は電話を切った。

耳元に当てていた携帯電話を下ろし、琉星は小さく息を吐く。

雅真とのことを母親に話すだけの覚悟はまだ決まっておらず、とっさに嘘をついてしまった。今はそうするのが最善だと判断した筈なのに、説明しがたい後悔が胸を引っ掻く。

もう一度溜息をついたそのとき、耳元で低い声がした。

「いつから俺とお前はお友達になったんだ？」

耳の裏にふっと息が触れ、驚いて小さく悲鳴を上げてしまった。振り返れば、背後に雅真が立っていて、わざわざ琉星の顔の高さまで身を屈めて笑っている。

もう会計は終わったらしく、雅真は琉星に診療明細書を手渡して腰を伸ばした。

「さて、飯だ。タクシー呼ぶぞ」

この二週間、右手を負傷していた雅真は一切車の運転をしていない。今も電話でタクシーを呼ぼうとする雅真に、琉星はおずおずと問いかけた。

「あの、母との会話……聞こえましたか」

「ああ。お前のお袋さんは声がでかいな。スピーカーモードで喋ってんのかと思ったぞ」

琉星と一緒に木陰に立ってタクシーを手配する雅真の態度に、普段と違うところはない。しかし琉星は心穏やかでいられず、雅真が電話を終えるのを待って声を上げた。

「すみません、とっさに……友達なんて」

申し訳なさで自然と肩が下がった。胸を掠めた後悔が、罪悪感を伴って膨れ上がる。同性とつき合っていることや雅真の仕事を隠そうとした自分は、まるでそれを悪いことのように捉えていたのではないか。

雅真を好きになったことに後悔はないし、雅真が自分の仕事と真摯に向き合っていることも理解していたつもりなのに、いざ家族に報告する段になって足踏みしてしまった。自分自身の本音をあぶり出されてしまったようで居た堪れない。

それに、どんな理由であれ、恋人が家族に自分の存在を隠そうとしていたら、さすがの雅真だって淋しく思うのではないか。落ち込ませてしまったかと思ったが、当の本人はてんで気にした様子がない。それどころか、面白がるような表情で琉星の顔を覗き込んでくる。

「まあ、同性の恋人なんてそうそう言い出せるもんじゃないだろうしな。俺の親父の前でもなんか勘違いして必死で隠そうとしてたぐらいだし？」

二週間前のことを思い出し、暑さのせいばかりでなく額に汗が浮いた。

弦十郎に「特別な相手か？」と問われたとき、雅真の恋人であることがばれたのではと大いにうろたえてしまったことを雅真に見抜かれていたらしい。今更ながらに早とちりをした自分が恥ずかしく、とっさに顔を背ける。

「それは、その、雅真さんのお父さんがそういうことに厳しそうだったので、うちの息子を男に渡すわけにはいかない、なんて言われたら大変かと……」

雅真が横から腕を伸ばしてきて、のし、と琉星の肩に回す。肩を抱かれるというより、肘置きにされているような気分だ。

「そんな心配しなくても、親父は俺に無関心だ。毎月借金の返済さえしてりゃ、そばに置いてるのが男だろうが女だろうが気にも留めないだろうよ」

「それは……無関心というより、雅真さんの在り方を肯定してくれているのでは？」

琉星は未だ母親に子供扱いされることが多々あるが、きっと雅真は父親からそんなふうに扱われたことなどないだろう。それは弦十郎が雅真のことを、自立した一人の人間として認めているからだ。雅真が独立するとき安易に金を貸さなかったのも、雅真をビジネスパートナーとみなしたからではないかと続けようとしたが、こちらに視線を滑らせてきた雅真の顔を見た途端、息が止まった。

「それは違う」

雉真はまっすぐ琉星を見て、どんな表情も浮かべず短く言い切った。

表情のない、野生の獣のような顔だった。眉を寄せられたわけでもなければ声を荒らげられたわけでもないのに、心臓が竦み上がって声が出ない。

借金の返済が滞っている客にすら、雉真がこんな顔を向けたことはない。客と対峙するときはむしろ、自分が不機嫌であることが正しく相手に伝わるように顔を顰め、怒声を上げるのが雉真のやり方だからだ。

出会って間もない頃、雉真に対して覚えた恐れや怯えを久方ぶりに思い出した。最近はすっかり甘やかされて忘れていたが、そういえばこんな不穏な空気をまとった男だった。

ここは下手に雉真の言葉を否定しない方がいい。そう判断して無言で頷く。

雉真はしばらく琉星の顔を見詰めてから、ゆるりと目を細めた。

「じゃ、飯食いに行くか」

張り詰めていた雉真の表情が一瞬で緩み、琉星はどっと息を吐く。あと一歩、無理に踏み込んでいたらどうなっていただろう。雉真のことはだいぶわかってきたつもりでいたけれど、まだ腹の底まで覗いたわけではないのだと思い知った。

タクシーを待つため病院の駐車場を横切って道路に出る。そこでようやく、肩に回された雉真の右腕に目がいった。出かける前にしっかりと巻いていたテープはすでに外されている。

「雅真さん、診察結果はどうでしたか？　もう通院は必要ないんですよね？」

雅真に対して怯えを感じてしまったことを悟られぬよう、敢えて明るい声で尋ねた。雅真も口の端に笑みを浮かべ、そうだな、と頷く。

「腫れも痛みもないし、もうテーピングは必要ないそうだ」

「そうですか、よかった……！」

これには本心からほっとして笑みがこぼれた。もとはと言えば琉星の不注意で負わせてしまった傷だ。雅真も目を細め、「でもな」と続ける。

「通院はもう少し必要かもしれん」

「え……経過観察、とかですか？」

「いや、右手が動かん」

雅真があまりにも軽い調子で言うものだから、一瞬事の深刻さを測りかねた。

一拍遅れて足を止めると、雅真も同じく立ち止まった。

琉星は肩に回された右腕を見て、それからもう一度雅真の顔を見上げる。

「動かないって……」

「言葉の通りだ。指先が思う通りに動かない」

とんでもないことをさらりと言い放ち、雅真は琉星の首を抱き寄せた。

「だから昼飯もお前が食わせてくれ」

そんなのんきなことを言っている場合か、と返したかったのに、雉真が子供じみた笑顔で「何食いたい」と尋ねてきたので言葉にならない。

とても利き手が動かなくなった人間が浮かべる表情ではないと思ったが、もしかすると琉星に深刻な顔をさせたくないばかりに明るく振る舞っているだけかもしれない。この状況に一番落ち込んでいるのは雉真かもしれず、そう思うと強い口調で問い詰めるのも憚（はばか）られ、琉星は掠れた声で「中華で……」と答えることしかできなかった。

昼に立ち寄った中華飯店で、雉真は左手を使ってチャーハンを食べた。小籠包（ショウロンポー）は琉星に箸で摘まませ、口元まで運ばせる。いい大人がそんなことをしていれば当然店内の視線を集めたが、雉真はそれを歯牙にもかけず、次々と料理を頼んでは琉星に食べさせるよう促した。

琉星は周囲の視線を気にする余裕もなく、青い顔で雉真の口元に料理を運んだ。そうしないと雉真が医者からどんな診断を受けたのか詳しく教えてくれなかったからだ。

酢豚だのチンジャオロースーだの海鮮焼きそばだの、思いつくまま注文した料理を琉星に食べさせてもらってようやく満足したのか、雉真は改めて「右手が動かん」と言った。

まったく動かないと言うより、思う通りに動かないと言った方が正しいらしい。試しに右手で箸を持ってもらうと、一応指の間に箸を挟むことはできたものの、すぐに取り落としてしまった。あまり大きく指を曲げ伸ばしすることはできないようだ。

特に痛みが伴うわけでもないのに指先が動かない。神経や筋に異常はなさそうで、医者からは心因性のものではないかと診断されたそうだ。

「……心因性、ですか」

タクシーで事務所に戻ってきた琉星は車を降りながら呟く。後から車を降りてきた雉真が「そうらしいな」と気楽な口調で返すので、その右手をまじまじと見詰めてしまった。

最初に右手が動かなくなったと言われたときは動揺したが、時間が経つにつれ琉星はあることが気にかかり始めていた。利き手が動かなくなったというのに、雉真が全く深刻な素振りを見せないことだ。

(……本当に動かないのかな？)

利き手が使えなくなった理由が定かでない以上、治療法も確立しないというのに、なぜこうも泰然と構えていられるのか。もしかすると、琉星から甲斐甲斐しく世話を焼かれたことに味をしめ、しばらく手が動かないふりを続けるつもりではないか。

(前も雉真さん、催眠術にかかったふりをしたことがあるからな……)

あのとき全く嘘を見抜けなかったことを思えば、今回も嘘をつかれている可能性は否定できない。

ちらちらと雉真の様子を窺いながら事務所に向かうと、裏口に立つ社員の姿を見つけた。まだ年若い社員は雉真と琉星に気づくと、ぺこりと頭を下げてくる。

「どうした、休みの日まで仕事か？」

雉真に声をかけられ、社員は「ちょっと名簿が必要で」と後ろ頭を掻く。

「昨日のうちに確認しておくつもりだったんですが、うっかり忘れてて」

「誰か鍵持ってる奴と連絡とれなかったのか？」

「あいにく誰も捕まらなくて……」

社員と話をしながら、雉真はスラックスのポケットから鍵を取り出して裏口の鍵を開ける。琉星は注意深くその手元を見守るが、雉真は左手しか使っていない。

三人でぞろぞろと階段を上って二階の事務所にやってくる。

「名簿ってどれだ？」

「一昨年の顧客名簿なんですけど……」

「そんなもん、段ボールに収めちまってるぞ」

雉真と社員は事務所の壁際に置かれたキャビネットの前に立ち、その上に乱雑に並べられた段ボール箱を見上げている。

「脚立ありますよ。使ってください」

琉星は事務所の隅に置かれていた脚立を持っていく。早速社員が脚立を広げ、その上に立って段ボール箱をキャビネットの上から引きずり出した。たちまち埃（ほこり）が舞い上がり、琉星は慌てて傍らの窓を開ける。

「その箱じゃないだろ。隣じゃないか?」

「あー、そうっぽいですね」

「俺たちは先に上に戻ってるから、用が済んだら声かけろ」

言い置いて雉真が踵を返す。琉星も追いかけようとしたそのとき、脚立の上で体をねじって段ボール箱を引き抜いた社員が体勢を崩した。

「うわっ!」

思ったより箱が重かったのか、社員の体がエビ反りになる。後ろにいた雉真が振り返り、自分に向かって背中から倒れてくる社員を見てとっさのように右腕を前に出した。

雉真の右手が社員の背に触れる。そのまま前に押し返すだろうと思いきや、重さに耐えかねたように雉真の肘が折れた。社員の体は無情にもそのまま後ろに倒れてくる。

脚立の倒れる音と、重たい段ボール箱が床に叩きつけられる音。雉真と社員が床に倒れ込み、弾みで近くのデスクからペンやファイルが転げ落ちてけたたましい音を立てる。

「雉真さん!」

社員の下敷きになった雉真を見て、琉星は悲鳴じみた声を上げた。社員も慌てて雉真の体の上からどく。

「社長! すみません、大丈夫ですか!」

雉真は床の上に起き上がると、痛みに顔をしかめるでもなく、ひとつ溜息をついた。

「最近こういうことが多いな」

「け、怪我は……」

青ざめる社員に向かって「ない」と短く言い放ち、自身の言葉を証明するように身軽に立ち上がると、雉真は今度こそ事務所を出て行ってしまった。

琉星も慌ててその後を追いかけ、三階へ上がっていく雉真の背中を見詰める。

知らず知らず、呼吸が浅くなった。雉真が社員の背中を右手で支えようとしたときの情景が目に焼き付いて離れない。

（……右手に全く力が入ってなかった）

自分の方に倒れてくる社員を見てとっさに腕を伸ばした雉真の右手は、弛緩(しかん)したように指先が丸まったままだった。相手の体もまったく押し返せていなかったようだ。

普段の雉真なら相手の体を支えられたはずだ。琉星が階段から足を踏み外したときだって、片腕一本で琉星の体を引き上げて胸に抱え込んでくれた。あの力強さはまだ記憶に新しい。

だからこそ、社員ともども床に倒れ込んだ雉真を見て啞然(あぜん)とした。てっきり相手の体を支えるか、それが無理でもよろけるぐらいで済むだろうと思っていたのに。

三階の居住部に入ると、まずは雉真をソファーに座らせた。社員の下敷きになった弾みでまた右手を痛めていないか確認してみたが、幸いどこも怪我はしていないようだ。

琉星は雉真の右手を取ると、深刻な顔で言う。

「……雅真さん、僕の右手を力いっぱい握ってみてください」

雅真は軽く眉を上げたものの、文句も言わず琉星の手を握り返した。

力いっぱい、と先に言っておいたはずなのに、ほんの少し指先に力が加わっただけだ。ふざけているにしては、雅真の顔は真剣だった。

(——……本当に動かないんだ)

反射のような動きで右腕を出した雅真が、指先を弛緩させていたのを見てようやく納得した。演技でもなんでもなく、雅真は自分の意思で右手を動かすことができない。

呆然としていると、玄関から物音がした。探していた名簿が見つかったのか、社員が鍵を返しにきたらしい。雅真が素早く立ち上がって玄関へ向かう。

ソファーに残った琉星は、思い詰めた表情で自身の膝を強く握りしめた。

もしこの先もずっと雅真の手が動かないままだったらと思うと、膝が震えた。あの日、雅真の制止を振り切ってまで弦十郎にタイピンを届けようとしたことが悔やまれる。あるいはあそこで足を踏み外さなければ。せめて雅真を下敷きにしてしまわなければ——。

リビングのソファーで項垂(うなだ)れていたら、隣にどかりと雅真が腰を下ろした。

「そう深刻になるな。完全に動かないわけじゃないんだ」

横から雅真の右手が伸びてきて、手荒に頭を撫でられる。前後に頭を揺さぶられた琉星は、頭上から離れていく雅真の手を目で追って力なく頭を下げた。

「すみません、僕のせいで……」

「謝罪はいらん。青くなってる暇があるなら、お前が治せばいいだろう」

琉星は中途半端に下げかけた頭を止め、困惑した顔で雉真を見上げる。

「治すって……僕がですか？　どうやって……」

雉真は琉星の顔の前に右手を掲げ「心因性のものなんだろう」と言い放った。

「お前は臨床心理士を目指してたんじゃないのか？　精神的なことが原因でこの手が動かないなら、催眠療法とかなんとか治療法はあるだろう」

「確かにそういう治療法はありますけど……僕みたいな素人に頼らないで、ちゃんとクリニックに通ってください」

「嫌だ」

必死の申し出を一蹴されて目を瞠る。子供のような我儘を言っている場合でもなかろうに。

「駄目です、ちゃんと治療しましょう」

「だからお前がやればいいだろう。わけのわからん医者に頼るまでもない」

「わけがわからないわけないじゃないですか、ちゃんと資格を持ってるんですから！」

「資格と言っても、臨床心理士は国家資格じゃないだろう。クリニックにいるからといって全員が資格を持ってるわけでもない。プロと素人の境目なんて曖昧だ」

琉星はぐっと言葉を詰まらせる。いつの間に調べたのか知らないが、雉真の言っていることはおおむね正しい。だとしても、資格試験すら受けていない自分に頼るくらいならクリニックを訪ねたほうがいいと諭そうとしたら、頬にひたりと右手を当てられた。

「よく知りもしない相手に、無遠慮に腹の底を覗き込まれるのはごめんだ」

大きな掌で頬を包まれる。その指先に少しも力がこもっていないことに胸を締めつけられた。本当に動かないのだ。

琉星はそろりと雉真の右手に自分の手を重ね、俯く。

雉真の手が動かなくなった理由が精神的な問題によるのなら、クリニックでもカウンセリングを受けることになるだろう。カウンセリングでは患者が現状抱えている問題だけでなく、過去の出来事も事細かに尋ねられる。雉真の言う「腹の底」という言葉は「心の奥」と同義に違いなく、それを他人に見せるのを嫌がる気持ちも理解できないではなかった。

「……僕には覗かれてもいいんですか」

俯いたまま呟くと、ごく小さく雉真の親指が動いて頬を撫でられた。

「お前だったら構わない」

頬を撫でる指先にはほとんど力が入っていないのに、心臓をぎゅっと握り込まれてしまった気分に陥った。心を明け渡してきたのは雉真なのに、どうして自分の方が胸の奥の柔らかな部分まで搦め(から)とられてしまったような心地になるのだろう。

とんでもない殺し文句を言われた後では、どんな顔をすればいいのかわからない。俯いたままでいると、耳元に雅真の唇が近づいてきた。

「また暗示でもかけるか？」

雅真の声には笑いが潜んでいる。動揺する琉星を見て楽しんでいるのかもしれない。

琉星は前髪の隙間から雅真を見て、小さな声で「勉強します」と返した。

「今すぐは……何もできません。ちゃんと勉強させてください」

「そうか？　俺はこの場であれこれされても構わないが」

髪に唇を寄せられ、琉星は慌てて雅真の体を押しのけた。

「駄目です！　不勉強な状態で滅多なことはできません。とにかく急ピッチで勉強しますから、しばらく夜は僕の部屋に来ないでください」

琉星の言葉に、雅真はあからさまな不満顔を浮かべた。

「お前の部屋が駄目なら、リビングで襲うことになるがいいのか？」

「いっ、いいわけないじゃないですか！　勉強に集中させてほしいんですよ」

「斜め上方向の努力はしなくていい」

「まっすぐ正当な努力をしてるつもりですが⁉」

いや、多少ずれてはいるのか。本来なら、雅真が大人しく心療クリニックに通ってくれればいいだけの話だ。そう伝えてみても雅真は頑として首を縦に振ろうとしない。お前が治せと言うわりに、その勉強をするため琉星が部屋に閉じこもってしまうのは嫌らしく、この場でどうにかしろと無茶苦茶な要求を突きつけてくる。

利き手が動かないなんて大ごとだと思うのに、雉真はまるで慌てていない。

琉星の慌てふためく姿を見て面白がっているのだろうか。はたまた、どうしても赤の他人にカウンセリングをされたくない理由でもあるのか。

琉星の言葉を軽くいなして笑う雉真の本意を確かめることはできず、結局この日は治療らしい治療もできず終わってしまったのだった。


大学時代、レポートをまとめる際はよく図書館の閲覧室を利用した。自室で作業をするより集中できる気がしたからだ。周囲に人がいることで、適度な緊張感を保てるのがいいのかもしれない。

それは学校を卒業した今も変わらず、琉星（りゅうせい）は勉強道具を抱えて駅前の喫茶店を訪れていた。

今日はシフトの関係で仕事が休みなのでじっくりと勉強ができる。仕事のある日はなかなか時間が取れないし、ようやく自室の机に勉強道具を広げても、すぐに雉真（きじま）がちょっかいを出しに来るのではかどらない。

（右手が動かないのに、雉真さんは不安にならないのかな……）

二人掛けの小さなテーブルにノートや参考書を広げ、少し温（ぬる）くなってしまったカフェオレに口をつけて琉星は溜息をつく。

病院で右手のテープを外してから今日で五日目。未だに雅真の手は動かない。箸を使うことはもちろん、ペンを握って文字を書くこともできない状態だ。パソコンのキーボードもずっと左手だけで打ち続けていた。

不自由だろうに、雅真はやっぱり病院に行きたがらない。「お前が治せ」の一点張りだ。

随分簡単に言ってくれるが、人の心は繊細だ。他人からかけられた何気ない一言が呪いのように心を蝕むこともある。

自分などクリニックの勤務経験があるだけの素人だ。下手なことはできない。そんな思いから懸命に資料など読み込んでいるのに、当の雅真が邪魔をしてくるのだから頭が痛い。

(学生時代にグループカウンセリングみたいなことをやったことならあるけど、あれも終始先生が見守ってくれてたからなぁ……)

いきなり一対一でカウンセリングをするのはさすがにハードルが高すぎる。書物から得られる知識だけで実行していいものかもわからない。どうしたものかと悩んでいると、琉星の座るテーブルの前に誰かが立った。そのまま通り過ぎるかと思いきや、その人物は琉星の向かいの椅子を静かに引く。

相席でも頼まれるのかと思ったが、空いているテーブルなら他にもある。そうでなくとも、琉星は小さなテーブル一杯に勉強道具を広げていて新しいコップを置くスペースもない。何事だろう、と視線を上げ、琉星はびくりと肩を跳ね上げた。

ゆったりとした仕草で向かいの椅子に腰かけたのは、肩まで伸びた髪を金色に染め、真っ白なスーツを着た派手な身なりの男だ。薄い唇に笑みを乗せたその顔を見た瞬間、二の腕にぞわっと鳥肌が立った。

「か、か……っ、加賀地（かがち）さん……！」

驚きと緊張で声が裏返る。そこにいたのは、かつて琉星に借金の返済を迫ってきた金融会社の社長、加賀地である。

加賀地はテーブルの下で窮屈そうに長い脚を組むと「やあ」と笑って琉星のノートの上に肘をついた。悪意を持ってそうしたというより、テーブルの上に置かれたものに全く興味も関心もなかったため見過ごしたような仕草だった。琉星は慌ててノートや参考書をまとめ、自分の膝の上に移動させる。

加賀地は片手で店員を呼び止めコーヒーを注文すると、改めて琉星の顔を眺めて頷（うなず）いた。

「やっぱり、きらきら星君だよね。久しぶり」

「き、雲母（きらら）琉星です」

「そうそう、そんな名前だった」

加賀地はテーブルに頬杖（ほおづえ）をついて笑う。一見すると愛想よく見えるが、目だけ笑っていないのは相変わらずだ。感情の読み取れない目は爬虫類（はちゅうるい）のそれに似て、加賀地が前にいると理由もなく緊張した。

「あ、あの……加賀地さん、僕に何か……ご用でしょうか？」

　びくびくしながら尋ねると、あっさり「別に？」と返されてしまった。

「うちの部下が近くのアパートまで督促に行っててさ、待ってるのも暇だったからここに入ったら、なんか見覚えのある顔があったから声かけただけ」

「そ、そうでしたか」

　密かに胸を撫で下ろした。まさかまだ借金が残っていて、返済が滞っていた間の利息も含めてこの場で払え、などと迫られるのではないかと身構えたが、違ったようだ。

　加賀地は後ろ髪に指を絡ませ、のんびりとした口調で続ける。

「本当は俺が督促に行くつもりだったんだけど、部下に止められちゃったんだよね。ほら、俺あんまり気が長い方じゃないから、とっとと話をつけちゃうでしょ？　でもうちの部下はじわじわやりたいらしくてさ。たっぷり時間使いたいって言ってたけど、加減を間違えないといいんだけどねぇ」

　琉星は曖昧に相槌を打つものの、頭は疑問でいっぱいだ。

（仕事の話……だよな？　返済の督促をじわじわやるって、一体……？）

　詳細はわからねど、不穏な雰囲気は伝わってくる。急に店内を冷やすクーラーの温度が下がったような気がして、ぎこちない仕草でカフェオレを口に運んだ。

「……あの、尾白は、どうしてますか？」

話題を変えるべく尋ねると、加賀地が片方の眉を上げた。

「きらきら星君に借金押しつけて高飛びした奴？　彼なら毎月コツコツ返済してくれてるよ。ホストクラブのナンバーワンに返り咲いて荒稼ぎしてるみたいだし、案外早めに完済しちゃうんじゃないかな」

「そうですか。それは……よかったです」

琉星は微かに口元をほころばせる。借金を押しつけられた相手とはいえ、もとは高校時代の友人だ。まったく腹を立てていないと言えば嘘になるが、その後どうなったのか気になっていた。五体満足のまま借金を完済できそうだと知ってほっとする。

琉星の表情が和らいだのを見て、加賀地はうっすらと目を細めた。

「相変わらずお人好しだねぇ。自分を陥れた相手が地獄から這い上がろうとしてるのに喜んじゃうなんて。俺だったら頭押さえて地獄に追い返すけど。自分の店を出さないかってそのかして、新たに借金背負わせるとかね。うん、それもいいよね」

加賀地は笑みを浮かべているが、声には抑揚がほとんどない。冗談のようには聞こえず、自分のことでもないのに体から血の気が引いた。

「尾白にはもう、手を出さないでやってください……！」

「いやぁ、別に無理やり金を貸そうって話じゃないよ。彼がその気になったら手を貸してあげようかなっていうだけで」

「でも、利子がとんでもないことになるじゃないですか！」

加賀地は軽く目を見開いて、「あはっ」と乾いた笑い声を立てた。

「当たり前でしょ。利息を取らなかったら金貸しの仕事なんて成り立たない。慈善活動じゃないんだから」

「そ、そうです、けど……」

店員がコーヒーを持ってきて、加賀地は早速カップに口をつけた。

「雉真だって同じ仕事してるのに、どうしてそんな甘っちょろい発想が出てくるのかなぁ。雉真自身が甘いことやってるからかねぇ。あいつの会社の利息なんて雀(すずめ)の涙程度だし、あれでやってけるの？」

琉星は答えられずに目を伏せる。雉真の仕事に関わっているとはいえ、自分のしていることはバイトの雑用程度で、会社の経営状態についてはよく知らない。しかし、弦十郎(げんじゅうろう)も雉真のやり方は甘いと言っていたし、同業他社と比べると手ぬるい方なのだろう。

急に勢いをなくした琉星を眺め、加賀地は組んだ脚の先をゆらゆらと揺らした。

「まぁ、あいつも親父(おやじ)さんの会社の子会社になってなけりゃ、あんな甘いことも言ってられなかったんだろうけど」

加賀地の漏らした言葉に反応して、琉星は目を上げる。

「お父さんの子会社だと、何か違うんですか……？」

「そりゃあ、あれだけデカい後ろ盾があればみかじめ料もとられないだろうからさ」

「みかじめ……？」

「ん？　知らない？　きらきら星君って本当に赤ちゃんみたいだね？」

「は、す、すみません、不勉強で……」

思わず謝ってしまった。その生真面目な反応が面白かったのか、加賀地は機嫌よく琉星の質問に答えてくれる。

「みかじめ料ってのは、ヤクザに払う場所代みたいなもんだね。うちみたいな小さい街金はバックに暴力団がついてることがほとんどだ。どこからともなくその筋の人間がやってきて、月にいくらかみかじめ料って名前の上納金を収めるよう迫ってくるわけよ。断ったら店に嫌がらせされてシャッターも上げられない」

「け、警察に相談するとかは……」

「そんなことしたら、店どころか自宅にまで火をつけられる」

言葉を失った琉星を見て、加賀地はけらけらと笑う。

「うちも毎月払ってるよ。その支払いが結構きついからさぁ、自然とお客さんの取り立ても厳しくなっちゃうわけ。でも雉真は親父さんとこの子会社でしょ？　テレビでＣＭ打ってるようなデカい会社になるとさすがにヤクザの皆さんも手を出しにくいみたいだから、雉真のとこはみかじめ料とか取られてないんじゃないかな。じゃなかったらあんな甘い取り立てやってられないでしょ。あいつの言うクリーンな金貸しなんて端から無理な話だね」

コーヒーカップを片手に滔々と語る加賀地を見て、琉星は目を瞬かせた。

琉星はみかじめ料という言葉を初めて聞いたが、雉真はどうだろう。金融会社の社長なら当然知っているだろうか。父親の会社の子会社であるためにみかじめ料の徴収を免れていることも、きちんと理解しているのだろうか。

弦十郎も、どこまで理解して雉真に独立のための条件を突きつけてきたのだろう。

もしかして、と琉星は口元に手を当てる。

少なくとも弦十郎はわかっていたのではないか。雉真がクリーンな金貸しを目指していることも、そのまま独立したところでみかじめ料を取られて経営が苦しくなることも。

（自分の会社を盾にして、雉真さんに思うような会社をやらせようとしてくれたんじゃや？）

父親の会社から金を借りざるを得ない状況を嫌がらせだと雉真は言っていたが、実際は違うのではないか。

考え込んでいたら、加賀地がカップをソーサーに戻した。加賀地は二枚重なった伝票のうち、自分の飲んだコーヒー代が記載された方を指先で挟んで「そういえば」と呟く。

「雉真の奴、右手が動かなくなったんだって？」

「えっ、よ、よくご存じですね？」

加賀地は喉の奥で笑って「風の噂」と応じる。直接雅真から話を聞いたわけではないらしい。

「怪我が原因じゃないんでしょ？　ストレス？」

「そういう情報、どこから流れてくるんです……？」

「この業界狭いから。なんとなく耳に入ってくるもんだよ。で、指一本動かせないの？」

「いえ、多少は動くんですが、細かい動作とかはあまり……握力もほぼないですし」

「なんで急に動かなくなったんだろうね？　また君が妙な暗示でもかけたとか？」

「まさか。雅真さんに僕の暗示なんてかかったことは一度も……」

そもそも雅真と恋人になってからは一度も暗示などかけていない——と言いかけて口を止めた。そういえば一度だけ、暗示のまねごとをしたことならある。

朝から盛ってきた雅真に、冗談半分で催眠術をかけた。あれは確か、雅真の父親が尋ねてきた日の朝ではなかったか。

琉星の顔から表情が抜け落ちる。あのとき自分はなんと暗示をかけただろう。

——貴方の心は、子供に戻る。心だけでなく、肉体も。

具体的に何がどうなると暗示をかけたわけではない。けれど曖昧な部分が多いだけに、広義に解釈された可能性はないか。あんなずさんな暗示でも、寝起きの無防備な心には何か作用してしまったのかもしれない。

弦十郎が突然店にやって来た日、相手の言葉に相槌を打つばかりで何も言い返さない雅真を、社員たちは不可解なものを見るように眺めていた。普段はもっと激しく言い争うらしいのに、あのときだけは父親の顔を見返すこともろくにしなかったのはなぜだ。もしや本人も気づかぬうちに、父親に対して委縮していた幼少期の心に戻っていたのではないか。

（もしかすると、右手が動かないのも？）

あの日の帰り際、弦十郎が雉真に向かって言い放った言葉を思い出す。『また右手が動かなくなっても知らんぞ』と、あれは一体どういう意味だ。

記憶を掘り返したり仮定を並べたり、目まぐるしく思考していた琉星は目の前にいる加賀地の存在を失念する。はっと我に返って顔を上げたときにはもう、向かいの席に座っていた加賀地の姿が消えていた。

加賀地が使っていたカップの底にたまったコーヒーはすでに乾き始め、店内を見回してみてももうその姿はない。まるで蛇が音もなく茂みに消え去った後のようだ。

空のカップを見詰め、琉星は加賀地の言葉を反芻した。

もしかすると、雉真の右手を動かすヒントを見つけたかもしれない。

その晩、仕事を終えてビルの三階に戻ってきた雉真に、琉星は「お話があります」と切り出した。

よほど思い詰めた顔をしていたせいか、雉真はジャケットを脱ぐとダイニングに置かれた椅子の背にそれを放り、まっすぐソファーへと向かった。

　ソファーに座るなり、夕食も後回しにして「なんだ」と尋ねてくる。琉星もその隣に腰を下ろし、思い切って尋ねた。

「以前、雉真さんのお父さんがこちらにいらっしゃったとき、『また右手が動かなくなっても知らんぞ』と言っていたのを思い出したんです。あれはどういう意味だったんですか？　昔も何か、雉真さんの手が動かなくなるようなことがあったんですか？」

　思わぬ質問だったのか雉真は目を丸くして、すぐ苦々しげな表情で視線を逸らした。

「別に、大したことじゃない。ガキの頃に怪我をしたってだけの話だ」

「怪我をした原因はなんだったんですか？」

「そんなもん訊いてどうする」

　雉真の声が少し低くなった。この話題には触れてほしくないようだ。一瞬怯みかけたが、己を鼓舞して続ける。

「お父さんがいらした日の朝、僕が雉真さんに暗示をかけたの覚えてますか？　あのとき、『貴方の心と肉体は子供に戻る』と僕は言いました。もしかするとそれが引き金になって雉真さんの手は動かなくなったのかもしれません。今雉真さんの右手が動かないことと、子供時代に右手が動かなくなったこと、何か共通点はないでしょうか」

　勢い込んで尋ねると、雉真が虚を衝かれたような顔をした。雉真自身、琉星に暗示をかけられたことなど忘れていたのかもしれない。しかしその顔は一瞬で掻き消え、不機嫌そうに眉根を寄せられる。

「ガキの頃のことは関係ない」

「自分では気がついていないだけかもしれません。せめて何があったのか教えてくれませんか。利き手が使えない状態が続けば不便でしょう」

「お前が飯を食わしてくれれば問題ない」

話はこれまでとばかり雉真がソファーから立ち上がろうとするので、琉星はとっさにその右腕を摑んだ。力いっぱい引き寄せると、バランスを崩した雉真が再びソファーに座り込む。雉真の眉間に寄った皺が深くなり、顔つきもいっぺんに険しくなったが、琉星は構わずその手をソファーの座面に押しつけた。

「このまま右手が動かなかったら、僕にこんなことをされてもやり返せませんよ！　今だって、拳を固めて僕に殴り掛かることもできないじゃないですか！」

腹に力を入れて怒鳴りつけたつもりだが、無様にも語尾が震えてしまった。

昔の話をすることを雉真は嫌がっている。これ以上踏み込めば、またあの底冷えするような目を向けられるかもしれない。怖くないわけもなく、緊張で指先が冷たくなった。それでも必死で雉真の右手を押さえ込んでいると、雉真の眉間からすっと皺が消えた。憤ったような表情が消え、困惑の色が強くなる。

「……右手が動いたとしても、お前を殴るわけがないだろう」

「僕じゃなくても、加賀地さんに同じことをされるかもしれません。そのときだってろくに抵抗できなくなります」

「どうしてそこで加賀地が出てくる」

加賀地の顔でも想像したのか、雉真は嫌そうに顔を顰(しか)める。

雉真がソファーに座り直したのを見て、琉星は雉真の右手を押さえつける力を緩め、代わりにぎゅっとその手を握った。

「あの日、僕が不用意にかけた暗示が原因かもしれないんです。雑な暗示ではありましたが、あの行為が引き金になった可能性もあります。子供の頃の記憶は大人になっても残るものです。僕が、大人になった今も夜の公園が怖いように」

子供の頃に公園で酔っ払いに襲われた琉星は、未(いま)だに夜の公園を通り過ぎるとき足早になってしまう。暗い公園を見ているのも怖くて、薄目を開けているのが精いっぱいだ。

あれから何年も経(た)ち、体もすっかり大きくなったのに、胸にこびりついた恐怖は消えない。同じ状況に陥っても今なら抵抗できると頭ではわかるのに体が竦(すく)んでしまう。

きっと完全に当時の傷を癒すことはできない。けれど、自分の心のどこにどんな傷がついてしまったのかを自覚するだけでも状況は変わるはずだ。傷痕が痛んだときにパニックを起こすことなく、そっとそこに手を当てることができる。

夜の公園で幼い琉星がどんな目に遭ったのか知っている雄真は、苦いものを口に含んだような顔をして、右手の指を微かに動かした。

「今も怖いのか」

「怖いです。でも、あのとき助けてくれたのが雄真さんだってわかってからは、少しだけましになりました。どうしても一人で夜の公園の近くを歩かないといけないときは携帯を握りしめてます。いつでも雄真さんにつながると思うと、安心です」

必ず雄真が駆けつけてくれるわけもないが、雄真がいる、と思えるだけで心強かった。雄真が待っているから帰らなければと思えば、きっと酔っ払いに絡まれても動けなくなることはないはずだ。

「雄真さんが僕を支えてくれているように、僕も貴方の支えになりたいです。だから、昔のことを教えてくれませんか」

雄真が無言で眉を狭める。それきり口を閉ざしてしまい、しばらく無言の時間が流れた。

過去の嫌な記憶を語るのは、まだふさがっていない傷口をさらすことに等しい。本物の傷と違って見えないだけに、聞き手が無遠慮に傷をえぐってしまう可能性もある。

琉星だってそんなデリケートな話を聞き出すのは怖い。ひとつ問いかけを間違えれば傷口を広げてしまうかもしれないのだ。けれど、自分はもうすでに雄真の傷に触れてしまっている。雄真の右手が動かないのがその証拠だ。

このまま手を引くわけにはいかないと、強く雅真の手を握りしめた。

雅真はかなり長いこと沈黙してから、無言で琉星を睨みつけた。

琉星を甘やかすときの顔とはまるで違う。十数年ぶりに再会して、借金の返済を迫られたときのことを思い出す顔だった。雅真のことをすっかり忘れていた琉星は、怯えてその目をまっすぐ見返すことすらできなかったものだ。

今だって小さく肩を震わせてしまったが、琉星は雅真から目を逸らさない。雅真の手を掴む手も緩めない。むしろ指の震えがばれないように、ますます強く握りしめる。

青い顔で自分の手を掴んで離さない琉星を見て、雅真は険しい顔のまま目を閉じた。肩が上がったと思ったら、大きな溜息をひとつ吐かれる。

「……お前は変わらんな。怯えてるのに首を突っ込んでくるところも、ガキの頃のままだ」

そう言って再び目を開けた雅真の顔は、傍目にも明らかに軟化していた。説得に応じてくれたらしい。緊張で強張っていた肩から少しだけ力が抜ける。

「そういう僕だから、手元に置いておきたくなったんでしょう?」

「言うようになったな」

雅真は微かに笑って、目線でキッチンを指し示した。

「どうせ面白い話じゃない。せめて酒でも注いでくれ」

雅真の右手は未だに動かないが、すでにテープは外れている。患部に炎症があるわけでもなさそうなので、晩酌は少し前から解禁していた。

　琉星はキッチンからウィスキーと氷とミネラルウォーターを持ってきて、手早くソファーの前のテーブルに並べる。雅真が煙草をくわえたので、さっとライターの火を差し出した。ホストとして働いていたのでこの辺りの動作にはよどみがない。

　雅真が一服している間にウィスキーの水割りを作る。酒の匂いが苦手な琉星を考慮してか、最近雅真が飲むのは水割りばかりだ。

　雅真に酒を差し出し、どうぞ話してくださいとばかり膝を向ける。雅真は指先に煙草を挟み、「大した話じゃないぞ」と前置きしてから煙と一緒に言葉を吐いた。

「ガキの頃、いつも遊んでくれる叔父がいてな。親父の妹の旦那で、俺の親父よりはいくらか若かった。俺もあまり友達がいなかったし、ちょくちょく家に来る叔父はいい遊び相手だった」

　当時、雅真は小学三年生。親の仕事が同級生の間に知れ渡り、遠巻きにされ始めた頃だったという。一年前に母親を病で亡くし、父も仕事で忙しく、淋しさを持て余していた雅真は叔父によく懐いたそうだ。

「しかしな、よくよく考えてみりゃ、平日のまだ明るい時間に甥の家に入り浸ってる男がろくな人間なわけもない」

　唇の隙間から紫煙を吐いて、雅真は薄く笑う。

叔父はギャンブルで身を持ち崩し、義兄である弦十郎から幾度となく金を借りていたらしい。弦十郎の会社には行かず自宅を訪ねていたのは、弦十郎個人から金を借りているつもりだったからだろう。

しかし、弦十郎は違った。毎度きちんと借用書を作って叔父に金を貸し、自社で定めているのと同率の利子も含めて返済するようにと叔父に伝えていたらしい。

しかし叔父はそれを真に受けなかった。まさか義理の兄が本気で取り立ててくるとは思ってもいなかったのか、のらりくらりと返済を先延ばしにしていたそうだ。

弦十郎の姿を実際に見ている琉星は、この時点で嫌な予感しかしない。雉真の叔父は、弦十郎がそんな気のいい男に見えたのだろうか。妹可愛(かわい)さに無体なことはしないだろうと高をくっていたのか。

灰皿に煙草を押しつける雉真に、琉星は恐る恐る尋ねる。

「それで……その叔父さんは……?」

「親父の部下に取り押さえられて、倉庫に閉じ込められた」

「倉庫って……まさか、埠頭(ふとう)に並んでいるような……」

倉庫の中で暴行を加えられた挙句、海に放り込まれるところまで一瞬で想像してしまった。

その考えを読んだように、雉真は「違う」と苦笑する。

「俺の実家の敷地内にあった倉庫だ。物置と言った方が近いかな。そうデカくもない。中に叔父一人を放り込んで、明かりはつけず外から鍵をかけただけだ。今思うと、親父も身内には多少手加減したんだな」

「そ、そうです……ね？」

同意するとき若干迷った。手加減されているのかどうか判断しにくい。

倉庫に叔父が閉じ込められていると気づいた雉真は、その安否を確認するため自ら倉庫まで様子を見に行ったそうだ。

倉庫の扉にはシリンダー錠がついていて、しっかりと鍵もかかっていた。呼びかけてみると、中から叔父の声がした。泣いているのか、弱々しい声で雉真を呼んで、『ここから出してくれないか』と訴える。

『開けてくれ、金なら家にあるんだ。なあ、玄哉君、どうにか鍵を開けてくれないか。家まで金を取りにいってくる。そうしたら、必ずここに戻ってくるから。約束するよ』

涙ながらに叔父に懇願され、幼い雉真は必死になった。家の中を引っ掻き回して倉庫の鍵を探し出し、鍵を開けて叔父を外に逃がした。いつから倉庫に閉じ込められていたのか、無精ひげを伸ばした叔父は『すまん』と言ってその場から走り去った。

——そしてそれきり、妻の待つ家に戻ることもなく、叔父は行方をくらませた。

グラスの中で氷が溶けて、がらんと小さな音を立てる。

絶句する琉星の前でウィスキーを飲み干すと、雉真が無言で空のグラスを差し出してきた。

琉星はそこに新しい酒を注ぎながら、当時の雉真の心中を想像して顔を顰める。信じていた大人に裏切られ、当時の雉真も「まさか」と思ったことだろう。

叔父という人もひどい。幼い雉真の優しさに付け込むような真似をして鍵を開けさせたのだ。その後、雉真が父親から叱責されることもわかっていただろうに、自分一人だけ逃げ出した。

「……鍵を開けたのが雉真さんだって、すぐにばれましたか?」

「ばれた。他に叔父を逃がす人間なんていなかったからな」

弦十郎は叔父の借用書を持ち出し、叔父に貸した金額とその利息を読み上げ、この損失をどうしてくれると雉真に容赦なく迫ったらしい。相手は小学生だというのに。

しかし雉真も負けん気が強く、「叔父さんは絶対に帰ってくる！　そう約束した！」と言い張って引き下がらなかったそうだ。

「そうしたら、親父は担保を出せと迫ってきた。『一週間だけ待ってやる、代わりに一番大事なものを出せ』ってな。一週間後に叔父が戻らなければ、担保は親父のものになる。あのとき初めて、丸裸で他人と交渉する愚かさを思い知った。事前に準備をしとかなけりゃ、相手にとって有利に話が進むってこともな」

小学生にしてそんな気付きを得るのもどうかと思ったが、人それぞれ家庭環境というものはある。雉真は父親から実地で交渉術を叩き込まれたらしい。

「それで、雉真さんは担保に何を出したんです?」

新しい酒を手渡すと、雉真は黙ってそれを受け取った。軽くグラスを揺らして口をつけ、すぐには答えようとしない。

何か言いにくいものなのだろうかと思い、はっと表情を強張らせる。

(まさか……右腕を差し出した、なんてことは……？)

さすがに生身の体を担保にすることはないだろうか。現に、雉真の右腕はまだそこにある。息を詰めて返答を待っていると、ようやく雉真が口を開いた。

「オルゴール」

想像が横滑りして不穏なことばかり考えていただけに、一瞬聞き間違えでもしたのかと思った。思いがけない単語に目を丸くしていると、雉真に居心地悪そうな顔で肩を竦められる。

「手の平に乗るぐらいの大きさで、小物入れも兼ねてた。箱の裏についたネジを回して、箱を開けると音楽が鳴る」

「それが雉真さんの、一番大事なものだったんですか」

なんとなく、意外だ。目の前にいる雉真を見ていると、子供ながらに現金を差し出してきてもおかしくない気がするのに。そうでなければせめてゲーム機だとか、おもちゃなどが出てくるかと思ったのだが。

雉真はグラスに口をつけ、口の端に苦い笑みを浮かべた。

「お袋からもらったものだったんだ。亡くなる直前に」

雉真の吐息がグラスの中の氷を溶かしたのか、カラン、と再び氷が鳴る。

ごく短い言葉だったが、それだけでオルゴールがどれほど雉真にとって大切なものだったのか理解して、体が強張った。話の先を聞くのが急に怖くなる。

「馬鹿正直に一番大事なものを差し出すなんてどうかしてるな。あのとき、一番大事なもんは最後まで隠しておくべきだってことを学んだ」

「そ、そのオルゴールは……？」

「叔父がいなくなってから一週間後、親父に叩き壊された」

半ば想像していたとはいえ、むごい結末にぐっと奥歯を噛(か)みしめてしまった。

当時の雉真の心境を思うと泣きそうだ。母親を亡くしたばかりで、叔父には裏切られ、父親には母の形見を壊されるなんて。

「……本当に、そんなひどいことをされたんですか」

「金に関わることなら親子だろうと容赦なかったからな。床の間に飾られてた模造刀で叩き潰された」

幼いながらに雉真も覚悟はしていたつもりだったが、いざその瞬間を目の当たりにしたらとっさに体が動いた。オルゴールを庇(かば)うように右手を出してしまい、その腕に模造刀が振り下ろされたそうだ。

「虐待ですよ！」

黙っていられず声を荒らげると「そうかもな」とあっさり肯定された。

「まあ、あれに関しては俺が手を出さなければよかっただけの話だ」

「子供の大事にしているものを壊した時点で十分罪に値します！」

「俺自身が納得してオルゴールを担保にしたんだ。恨むなら、本当に大事にしていたものを担保にした自分自身だな」

雉真は淡々と受け答えをするが、琉星は平静でいられない。憤りも露わに肩を震わせるその姿を見て、雉真が眉を曇らせた。

「お前、自分が借金を肩代わりさせられたときだってそんなに腹を立てなかっただろうが。もう昔のことなんだからむきになるな。間違っても親父に喧嘩なんて売るなよ。面倒だ」

「でも……！」

「本当なら手の甲に刀を叩きつけられて骨が砕けてたかもしれないんだ、軌道を逸らして腕に振り下ろしたあたり、親父もとっさによけようとしたんだろう。手心を加えられたようで癪だったもんだが」

弦十郎をフォローするためというより、琉星を宥めるために雉真は補足する。しかし弦十郎が模造刀を振り下ろしたことはまぎれもない事実で、雉真は右腕の骨にひびが入る重傷を負ったらしい。しばらくはギプスと三角巾をつけて過ごすことになったそうだ。

「……仏心を出すとまた右手が動かなくなるぞって、そういう意味だったんですね」

ようやく弦十郎が残した言葉の意味を理解して、琉星は雉真の右手に視線を滑らせる。

「お父さんと会って、当時のことを思い出してしまったんでしょうか。それで手が動かなくなったとか……。あ、でもこれまでもお父さんとは顔を合わせてたんですよね。今回に限って手が動かなくなるなんて、やっぱり僕の暗示のせいでしょうか？」

「どうだろうな。でも、親父の前にお前がいたんだ。暗示なんてなくても、昔のことは思い出したかもしれん」

琉星は言われた意味がよくわからず、きょとんとした顔で首を傾げる。

雉真は手にしていたグラスをテーブルに置くと、その手で琉星の頬に触れた。

「お前の借金を肩代わりしたのは完全に仏心だ。惚れた弱みとも言うがな。どっちにしろ俺に金銭的な利益はない。それを親父に見破られるんじゃないかと思ったら、一瞬本気で体が竦んだ。ガキの頃みたいに」

直前まで氷の入ったグラスを持っていた雉真の手は冷え切っている。冷たい指先で琉星の頬を撫で、雉真は吐息交じりに呟いた。

「また、大事なものを壊されるんじゃないかと思った」

「大事なものって……」

「お前に決まってるだろうが」

さらりと口にされた言葉が結構な殺し文句だったので返事が遅れた。何か言おうと息を吸ったら喉の奥に空気の塊がぶつかって激しくむせる。雉真はそんな琉星を肴にまた酒を飲み始め、自分ばかりうろたえているのが恥ずかしい。

少々不自然な空咳をして姿勢を正すと、琉星は話を元に戻した。

「ちなみに、オルゴールはその後どうなりましたか……?」

「蓋がひしゃげて、中の部品も砕けて飛んで、音が出なくなった。そんなもん持っていてもしようがないからな、すぐに捨てた」

雉真はあっさりと言うが、実際はどうだろうなと思う。無残に壊れたオルゴールを見ていられなくて、視界の外に追い出すために手放したのではないか。

「オルゴールからどんな音楽が流れていたか、覚えてますか?」

雉真はグラスを口元に運んだものの、唇をつけることはせず動きを止める。しばらくそのまま静止して、ゆっくりと目を伏せた。

「覚えてない。……思い出せない」

思い出せない、と言い直されたことに琉星は反応する。完全に忘れてしまったわけではなく、何かが蓋をして思い出せない感覚でもあるのだろうか。

(当然だ。大切なオルゴールを壊されて、凄くショックだったはずなんだから)

精神的なストレスを軽減させるため、無自覚に記憶の改竄をしてしまうことは少なくない。記憶の一部を消してしまうことも。琉星も、夜の公園で酔っ払いに襲われた直後のことは未だに思い出せないままだ。それは一種の防衛本能であり、無理に記憶を掘り返すのは危険なことだ。

けれど、オルゴールの音楽は記憶の底に封じ込めておくより、思い出した方がいいのではないか。

琉星は雉真の顔を見詰めて尋ねた。

「オルゴールから流れてくるのは、綺麗（きれい）な曲でしたか？」

グラスの中を見詰めていた雉真が目を上げる。旋律は思い出せなくともイメージは残っているのか、そうだな、と軽く頷かれた。

「その曲、好きでした？」

「……嫌いではなかった、と思う」

「思い出したいですか？」

一瞬だけ、雉真が遠くを見るような目をした。虚空に過去の自分を探すように視線が揺れて、ごく小さな声で返事があった。

「思い出したい」

珍しくぼんやりした表情でそう言った雉真がこちらを向くのを待って、わかりました、と琉星は頷いた。身を乗り出し、ソファーに投げ出された雉真の右手に手を重ねる。

「自分が持ち得るものの中で、他人から絶対に奪われないものってなんだかわかりますか？」

唐突な質問に目を瞬かせ、雅真は「さぁ」と首をひねった。

「金さえ積めばなんだって奪えそうな気がするが」

「そうでもありません。どんなことをしたって、他人の記憶は奪えないでしょう」

たかがウィスキー二杯で酔ったわけもないだろうに、雅真の反応は鈍い。ゆっくりと瞬きをする雅真を見上げて続ける。

「オルゴールは壊れても、それを大切にしていた記憶までは誰にも奪えません。オルゴールから流れていた音楽を思い出せれば、また何度でも記憶の中でオルゴールを開けますよね」

「でも、思い出せない」

間髪を容れずに言い返してきた雅真に、琉星はきっぱりとした口調で言った。

「思い出しましょう。催眠術で」

琉星が何を言い出すつもりか、雅真は全く見当がついていなかったらしい。まじまじとこちらを見詰めてきたと思ったら、面白がるような表情でソファーに背を預けた。

「そういえば、お前にはそういう裏技があったな」

「裏技じゃなくて、退行催眠です。とはいえ今回も見よう見真似ですけど……」

「いい、やってみてくれ」

「じゃあ、まずはリラックスできるよう横になってもらって……」

琉星が言い終えるのを待たず、雅真はグラスをテーブルに戻してソファーに寝転がった。隣に座る琉星の膝に、無造作に頭を乗せてくる。

「えっ、こ、この体勢でやるんですか？」

「リラックスできればいいんだろう」

長い脚がソファーからはみ出るのも気にせず、雅真は仰向けになって目を閉じる。

誰かに膝枕をするなんて初めてでどぎまぎしたが、うろたえている場合ではない。せっかく雅真がその気になってくれたのだ。自分を落ち着かせるように深呼吸をして、雅真の目の上に掌を乗せた。

「では、深く息を吸ってください。……吐いて。呼吸をひとつするごとに体から力が抜けていきます。まずは自分の掌に意識を集中して……重たくなってきたのがわかりますか？」

雅真は琉星の言葉に大人しく耳を傾け、短い相槌を打つ。呼吸は深く、琉星の腿に載せられた頭はズシリと重い。上手くリラックスできているようだ。

「それでは、頭の中に白い階段をイメージしてみてください。長い長い階段です。貴方はその階段を下りていきます」

雅真の胸は規則正しく上下している。今この瞬間、頭の中で階段を下りているのだろうか。その様子を見守りながら、「この階段は、過去に続く階段です」と静かに告げる。

「一段下りるごとに過去に戻れます。階段が終わると扉が現れますよ。扉の前に立ったら、ノブに手をかけてみましょう。扉の向こうは、貴方にとって一番近い過去の部屋です。ドアを開

けて。今朝、事務所に下りてきたときの光景が広がっています」

雉真がイメージするのを待つつもりで一度言葉を切り、再び口を開く。

「部屋を通り過ぎると、奥にドアがあります。ドアの向こうにはまた白い階段が続いています。下りてみましょう」

この調子で、琉星は雉真に階段を下りるよう促し続けた。階段を下りた先には扉があり、扉の向こうには過去の光景が広がっている。会社を立ち上げた直後、大学時代、高校時代、中学校時代と時代はどんどんさかのぼり、小学校時代まで到達した。

「そこは貴方が小学生のときの部屋です。奥にもうひとつ扉があります。入ってみましょう」

琉星の膝に頭を乗せた雉真はピクリとも動かない。自分の言葉についてきてくれているのか判断のしようがなかったが、次はいよいよ問題の部屋だ。琉星は少しだけ声を小さくする。

「そこに、お母さんからオルゴールをもらったばかりの貴方がいます」

掌の下で、雉真の瞼(まぶた)が微かに動いた。

琉星は雉真の記憶を喚起しようと言葉を選ぶ。

「オルゴールを両手で持ってみましょう。少し重いですか？　底にネジがありますね。巻いてみましょう。しっかり巻いたら、蓋を開けます」

雉真が頭の中でその動作をするだけの時間を置いてから、琉星は尋ねる。

「音楽が聴こえましたか？」

雅真の胸が大きく上下する。しかし答えは返ってこない。

しばらく黙って待っていると、掌の下で雅真の睫毛が動いた。目を開けたようだ。目の上から掌をどけてみると、雅真が眩しげに瞬きをした。

琉星の顔を見上げた雅真は、その視線を天井へと滑らせて口を開く。

「聴こえない」

呟いた雅真は無表情だ。けれど、琉星にはどこか落胆しているように見えた。

（ぶっつけ本番じゃさすがに無理か……）

素人の自分にできるのはここまでらしい。それでも最後に何かできることはないかと考え、琉星はそっと両手を合わせた。

「雅真さん、見てください」

天井に向けられていた雅真の視線が再び戻ってきた。琉星は片方の手を百八十度回転させると、女性がコンパクトを開くような仕草をして、自身の手に耳を寄せる。

「耳を澄ましてみてください。ほら、僕の手の中から、懐かしい音が聴こえてくるでしょう」

掌の上でオルゴールの蓋を開けるような格好をして、琉星は目を閉じる。雅真が子供の頃に聴いていた音を想像しながら。

正確な旋律は思い出せなくても、せめてオルゴールの柔らかな音色を思い出せたらいいなと思った。だから敢えて音楽とは言わず、懐かしい音、と口にした。

櫛状の薄い金属を弾いて鳴らす明るい音。次々と重なる音の連なり。オルゴールの底についたネジが回るにつれて、ゆっくりと音楽のテンポが落ち、最後は柔らかな音ひとつ残して消えていく。

音楽が止まるたびに何度もネジを巻く、その指先の感触、オルゴールの重み、箱を開けるときの高揚感。音楽そのものを思い出せなくとも、大切な記憶の断片だけでも取り戻してほしかった。

そんなことを思っていたら、小さな鼻歌が耳を掠めた。

驚いて目を開ければ、雉真が難しい顔で何かのメロディーを口ずさんでいた。探り探りの音程で、すぐには旋律を把握できなかったが同じフレーズを繰り返しているようだ。もしかして、と琉星は身を乗り出す。

「それ、オルゴールから流れてた音楽ですか？」

「……こんな感じだった、気がする」

「待ってください、その曲僕も知ってます」

曲名は思い出せないが、つい最近どこかで耳にした。小学生の頃に音楽の授業で習ったような、クラシックの名盤だ。

しばし考え込んで、琉星はズボンのポケットから携帯電話を取り出した。

「もしかして、僕が前に目覚ましのアラームに使おうと思ってダウンロードした曲かもしれません。ほら、これです」

琉星が操作する携帯電話から、柔らかなオルゴールの旋律が流れ出す。先程雉真が歌っていたフレーズと似ていないだろうか。雉真は再び目を閉じてオルゴールの音に耳を傾けると、何か確信したように頷いた。

「……この曲だ」

「本当ですか！　これ『野ばら』って曲みたいですよ。僕も目覚ましに使ってたんですけど、オルゴールの音って気持ちよくて、なかなか起きられないんですよね。二度寝しちゃうのであまり使ってなかったんですが……」

目を閉じてオルゴールの音に耳を傾ける雉真の顔には、眠りに落ちる直前のような静かな表情が浮かんでいる。

琉星は携帯電話からオルゴールの音を流したまま、雉真の額に落ちる前髪をそっと後ろに梳いた。それでも雉真は目を開けない。されるがままだ。

「これでまた、何度でも記憶の中でオルゴールを開けますね」

「ああ」

「オルゴールは壊れてしまったけれど、全部なくしたわけじゃないですよ」

「……うん」

子供のような相槌を打つ雉真の髪を撫でる。存外指通りがいい。

琉星は雉真の顔をじっと見て、言おうか言うまいか逡巡してから、思い切って口を開いた。

「……お父さんは、雉真さんから大切なものを奪いたかったわけではなくて、軽率な行動が大切なものを奪ってしまうことを教えたかったんだと思います」

弦十郎を庇うような琉星の言葉に、今度は相槌が返ってこなかった。当時の雉真の胸の内を思えば、容易に同意はできないだろう。

琉星だって、オルゴールを壊したのは明らかにやりすぎだと思う。しかし、金銭が絡むと人間は醜い本性がむき出しになるのも事実だ。自分も尾白に借金を押しつけられたとき、嫌というほどそれを理解した。

金を失うことは血を流すことに似ている。命にかかわることだ。だから皆、いざというときは目の色が変わる。すでに貧血気味の体から血を抜かれたら死んでしまうと、代わりの誰かに借金を押しつける。切迫した人間にとって、情などなんの抑止力にもならない。

実際、雉真の叔父は幼い雉真を見捨てたのだ。自分に懐き、逃走の手助けまでしてくれた甥をあっさりと切り捨てた。

金融業を営む以上、こうした裏切りにはたびたび遭遇することになるだろう。身内すらも信じられない。その非情さを、弦十郎は雉真が幼いうちに教えたかったのではないか。いずれ自分の会社を継ぐだろう、たったひとりの息子に。

「お父さんの仕打ちを許せないのは当然ですし、やりすぎだったとは思います。でも、お父さんだって反省してるんじゃないでしょうか。雉真さんが独立するときは手を貸してくれたくらいですし」

それまで大人しく目を閉じていた雉真が急に瞼を上げた。寝顔と見分けがつかないほど穏やかだった表情にさざ波が立って、眉間に深い皺が寄る。

「親父には嫌がらせをされた記憶しかないが？」

獣が唸るような低い声ですごまれ、琉星は弱り顔で眉を下げた。

「でも、お父さんがお金を貸してくれなかったら、会社を立ち上げることもできなかったんですよね？　大学を出たばかりの人間に銀行が大金を貸してくれるわけもないって、自分で言ってたじゃないですか」

「最初から自社ビルなんて構えなくても、テナントを借りたってよかったんだ」

「そんなことをしたら、暴力団からみかじめ料を徴収されます。加賀地さんのところは毎月結構な額を払ってるらしいですよ」

雉真は一瞬口をつぐみ「どうしてそこで加賀地が出てくる」と不服そうに呟いた。

「先日、ちょっとお喋りしたんです」

「あいつに近づくな」

「向こうから来たんですよ」と琉星は苦笑を漏らす。

「加賀地さん、言ってました。お父さんの会社の子会社になっていなければ、きっと雉真さんの会社にもみかじめ料の徴収があっただろうって。そうなったら利益を出すのが苦しくなって、今雉真さんがやっているような経営は難しかったんじゃないですか？」

雉真は苦々しげな表情を浮かべて何も言わない。この様子だと加賀地の言葉は間違っていないようだし、雉真自身もそれをわかっていたようだ。

琉星は指先でそっと雉真の髪を梳く。

「お父さんはもしかすると、クリーンな消費者金融を目指している雉真さんを少しでも応援したかったのかもしれませんよ」

雉真は何か言いたげな顔をしたが、それを噛み潰すように奥歯を鳴らした。

「……お前は性善説を信じるんだな。あの親父がそんな殊勝なことを考えるなんて、俺には到底思えない」

「そうであってほしい、と思っているだけです」

でなければ、子供の頃の雉真がかわいそうだ。

雉真の顔に呆れたような表情が過って、小さく溜息をつかれた。

「そんな甘っちょろいことを考えるのはよほどのお人好しだけだぞ」

「かもしれません」

否定もせず笑う琉星を見て、雉真がもう一つ溜息をついた。左手を伸ばして琉星の頬を撫で、その手を首裏に移動させる。

ぐっと首を引き寄せられて、雉真の顔が目の前に迫った。

「……でも、そういうお前だから懐に放り込みたくなったんだ」

囁いて、雉真がわずかに目元を和らげる。

琉星は雉真の手に逆らうことなく首を下げた。唇の端にキスをすると、ずれを修正するように雉真が首を傾けてくる。今度こそ唇が重なって、大きな手で後ろ頭を撫でられる。

唇の隙間にちらりと舌が這い、慌てて顔を上げようとしたが首裏を押さえられているせいで身を起こせない。

「き、雉真さん、右手は……」

尋ねる間も下から唇をついばまれて言葉が途切れる。雉真さん、と焦った声を出せば、喉の奥で低く笑われた。

「後で確認してくれ」

でも、と抗議しようとしたが、左腕一本で容易く押さえ込まれて動けない。雉真の唇からは微かにウィスキーの味がして、それしきのことで酔うはずもないのに目の周りがかぁっと熱くなる。

携帯電話からはまだオルゴールの音が流れている。

柔らかな旋律は、その後もしばらく止まることなくリビングに響き続けた。

今日で七月も終わるという金曜日。

昼休みに事務所を出て、近くのコンビニでサンドイッチを買ってきた琉星は、難しい顔で夏空の下を歩いていた。事務所からコンビニまでは歩いて十分程度だが、正午の日差しは容赦なく琉星を照らし、顎からぽたりと汗が滴る。

会社に戻ってきた琉星は、二階の事務所に向かう階段を上りながら低く唸った。

（雉真さんのお父さん、次はいつ来る予定なのかな……）

弦十郎は去り際、「来月までに何かしら業務改善策を提示しろ」と言っていたが、来月の何日までという期限はなかった。翻って考えれば、明日にも訪ねてきたって不思議ではないということだ。

にもかかわらず、雉真はまだろくな業務改善策を考えていないようだった。

「今月の返済額も問題なく返してんだ。あんないちゃもん無視しろ」とのことだったが、無策で弦十郎と対峙（たいじ）して返済期限を短くされては大変だ。

せめて自分だけでも何か案を用意しておこうと考えてはいるのだが、今のところこれといった良案は出てこない。利益を出すなら顧客を増やすのが一番手っ取り早いが、誰彼構わず客を呼び込むことには抵抗がある。

（……だってここ、消費者金融なんだもんなぁ）

尾白のように借金まみれになった人間を間近で見ている上に、自分自身も迫りくる返済期限の恐怖に怯えながら働いていた経験があるだけに、客を借金地獄に突き落とすようで気が引けた。

どうしたものかと思いながら事務所のドアを開いた途端、奥からとんでもない怒号が響いてきた。

「どいつもこいつもお客さん気分で市役所に行くんじゃねぇ！　よく調べもしないで役所に行って、金が借りられなかったからって安易にこんな場所まで来やがって！　安全に金を工面したいならその労力を惜しむな！　体力温存してるならこのまま漁船に売りつけるぞ！」

部屋中に響き渡る声は、雉真のものだ。

見れば雉真の机の前で、まだ年若い男が直立不動の体勢を取っている。こちらに背を向けているので表情は見えないが、机を挟んだ向こうに立つ雉真があんな鬼の形相をしているのだ。きっと顔面蒼白（そうはく）だろう。回れ右して逃げないだけまだ度胸がある――と思っていたら、男性がその場にへたり込んだ。腰が抜けたらしい。

こんな光景は日常茶飯事なので、事務所にいる社員たちは誰も雉真と客に注意を払わない。琉星だけが慌てて客のもとに駆け寄り「大丈夫ですか？」と声をかけた。思った通り相手は青白い顔で、目に涙まで浮かべている。よほど怖かったのだろう。

「ほら、立てますか？　雉真さんも、相手はお客様なんですから……」

琉星に宥められても雉真は凶悪な面相を崩さない。乱暴にデスクの引き出しを開けると、中から数枚の書類を抜き取って客に投げつける。

「雉真さん！」

「そいつは客じゃない。とっとと追い返せ」

言うだけ言って、もう興味はないとばかりどこかに電話をかけ始めた。

琉星は溜息をつき、客に手を貸し立ち上がらせた。一緒に事務所を出ると、改めて雉真が投げてきた書類を相手に差し出す。

「これ、目を通した方がいいですよ。多分、貴方が受けられる行政支援について記載されている資料だと思います」

相手は書類を受け取ったものの、ぽかんとした顔だ。気持ちはわかる。消費者金融の会社に来て、行政の書類を手渡されるなんて夢にも思っていなかったのだろう。琉星に「よく読んでくださいね」と念を押され、釈然としない面持ちでよろよろと階段を下りていった。

この店に来る人間の多くは生活が困窮している。収入が著しく少ない者も多く、中には手続きさえすれば公的な支援を受けられる者もかなりいる。そんな相手に対して、雉真は簡単に金を貸さない。もらえるものがあるならそちらをもらってから出直して来いと、先程のように手（て）酷（ひど）く追い返してしまう。

こういうところが弦十郎や加賀地から「甘い」と言われる所以（ゆえん）なのだろうなと思いながら事

務所に戻ると、またしても雉真の怒声が耳に飛び込んできた。今度は電話口で誰かを怒鳴りつけている。

「返済期限は今日だろうが！　午前中に来い、半日分の利息つけるぞ！　こっちから行く、今どこだ！」

捕まったら最後、有り金をむしり取られた挙句、簀巻きにされかねない剣幕だ。

雉真は鼻息も荒く電話を切ると音を立てて椅子から立ち上がる。どうやら雉真自ら取り立てに行くらしい。

「また海老島のおっさんかぁ。社長も大変だなぁ」

自席につくと、隣に座っていた社員が独り言のように呟いた。相手も昼休み中らしく、コンビニで買ってきたのだろう冷やし中華をすすっている。琉星も買ってきたばかりのサンドイッチを取り出して尋ねた。

「またって……よく滞納する人なんですか？」

「ん？　ああ、ちょくちょくな。リストラされたばっかりのおっさんで、奥さんから離婚言い渡されて一人暮らし始めたんだけど、現役で働いてた頃と同じ金の使い方するもんだからすぐ金が底をつくらしい」

賭け事をするわけでもなく、底なしに酒を飲むわけでもない。だが貯金のほとんどは離婚の際に妻と子供に持っていかれてしまって手持ちがない。新しい仕事を探そうにも年齢がネックになって上手くいかず、家事の類はできないので食事はほとんど外食だ。出費ばかりがかさんで光熱費が払えなくなり、それで雉真のところで金を借りたらしい。

サンドイッチを口に運びながら、琉星は小さな溜息をつく。

「僕、ここで働く前は、消費者金融でお金を借りる人って無茶なお金の使い方をしている人ばかりだと思ってました」

「案外そうでもないだろ。普通の主婦が生活費のために五万ぐらい借りにきたりもするしな。事故で怪我してバイトに行けなくなった学生が借りに来ることもあるし、海老島のおっさんみたいに転職中に貯金が底をつく場合もある。冠婚葬祭で急に必要になったり」

消費者金融会社にやって来る人間は、皆が皆金にルーズなわけではない。

琉星の傍らを、険しい顔をした雉真が通り過ぎる。「行ってらっしゃい」と声をかけると、仏頂面で頷かれた。取り立て前はさすがに雉真の表情も険しい。

「わざわざ雉真さんが取り立てに行くってことは、よっぽどの大金を貸してるんですか？」

雉真が出て行った後で社員に尋ねると「十万ぐらい」という返答があった。

「それ、わざわざ雉真さんが行くほどの額とも思えませんが……」

「海老島のおっさんは強面(こわもて)なんだよ。柔道やってたらしくて体格も良くてさ。俺たちが行っても『ないものはない』とか言って追い返そうとするから社長が直々に行ったんだろ。人が好(い)いよなぁ、社長も」

琉星は食事の手を止めて社員を見る。取り立てに行くのに、人が好いとはどういう意味だろう。

「……返済期限を延ばしてあげに行ったわけじゃないんですよね？」

「当たり前だろ。ゴリゴリに取り立てに行ったんだよ。本当は社長が出張ってかなきゃいけないほどの額でもないのに、ほっとけないんだろ。あの手のプライドの高いおっさんは、借金返せないと他の会社から金借りて雪だるま式に借金増やしてくからな」

消費者金融から借りた金を返すため、別の会社から金を借りる、という人も世の中には少なくないらしい。むしろ消費者金融会社が積極的に「別の会社から借りて返せ」とそそのかしたりもするそうだ。客は言われるまま別の会社から金を借りるが、多くは会社が変わるたびに金利が大きくなっていく。

だから雉真は強引に返済を迫る。まだ十万円の借金で済んでいるうちに、親兄弟や別れた妻に縋ってでも金を返せと凄むのだ。体裁やプライドは無理やりにでも捨てさせる。その客が、泥沼のような借金地獄に落ちていくのを止めるために。

「うちの社長は外見こそ鬼みたいに怖ぇけど、本当はあんまりこういう仕事に向いてないんじゃないかと思うときもあるよ」

空になった容器をビニール袋に入れ、それを捨てに行くため社員は席を立った。

琉星は残ったサンドイッチを口に運びながら、改めて消費者金融というものについて考える。

博打もしない、度を越した趣味や嗜好もない、そんな人でも、ある日突然まとまった金が必要になることはある。入院したり、会社を辞めたり、身内に不幸があったり、理由は様々で、誰にでも起こり得る。

銀行から借りられる人はまだいい。でもそうでない人はどうする。

手元に金がないということは、手段と選択肢が減るということだ。現状を抜け出すためのチャンスが巡ってきても摑み損ねてしまいかねない。そんなとき素早く金を貸してくれる消費者金融は、最後のセーフティネットとなり得る。少なくとも、雉真はそうあろうとしている。

他の消費者金融と比べれば、雉真の会社は金利も良心的だ。できればここで踏みとどまってほしい、と琉星も思う。

(消費者金融って後ろ暗いイメージもあるけど、少なくとも、雉真さんの会社は違う)

消費者金融でお金を借りてください、と勧誘するのは抵抗があるが、他の消費者金融に行くくらいならうちを頼ってください、という言葉なら琉星も胸を張って口にすることができる。もっと勉強して雉真の会社の特色をアピールできるようになれば、同業他社との差別化も図れる。結果として顧客が増え、業務改善につながるかもしれない。

(僕もできる範囲のことで、雉真さんの役に立ちたい)

琉星は残りのサンドイッチを口に放り込むと、雉真の父親を納得させられるような業務改善策をひねり出すべく机の上を片付け始めた。

取り立てに行った雉真が会社に帰ってきたのは、定時を過ぎる頃だった。部下も一緒に会社を出たはずだが、途中で別れたのか戻りは一人だ。

事務所に残っていたのも琉星一人で、お帰りなさい、と声をかける。

「まだいたのか。もう上がっていいぞ」

「はい、このメールだけ送ったら終わりにします」

頷いて雉真が自分の席に向かう。机の上に積まれているのは外出中に届いていた郵便物だ。雉真はそれを手に取ろうとして、ばさりと床に落としてしまう。

床の上にハガキや封筒がばらまかれ、琉星はすぐさま椅子から立ち上がる。床に手を伸ばそうとする雉真を制し、散らばった封筒を拾い上げた。

「……悪いな」

呟いて、雉真が椅子に腰かける。どことなく声に覇気がない。

琉星はまとめた封筒を机に置いて、雉真の手に目を向けた。

「……右手、まだ上手く動きませんか？」

雉真は肘掛けに置いた自身の右腕を見て、頷く代わりに瞬きをした。

琉星が雉真に退行催眠をかけたのは一週間も前のことだ。雉真はオルゴールから流れていた音楽こそ思い出せたものの、未だ右手は動かないままだった。

今度こそ病院へ行くように勧めたが、雉真は渋ってなかなか腰を上げようとしない。日常生活に大きな支障はないと本人は言うが、怪我の原因を作った琉星は気が気でなかった。

「一度きちんと精密検査を受けてみたらどうですか？　リハビリが必要なら僕も手伝います。身の回りのことも、できる限りのお世話をしますので……」

雉真は目を上げ、片方の眉を上げてみせた。

「いいのか、そんなこと言って。いつまでもこの手が治らなかったらどうする。ずっとここにいるつもりか？」

「もちろんです」

「家族に俺を紹介することもできないのに？」

からかうような口調で雉真が言う。けれど、その顔に浮かんだ笑みがいつになく弱々しく見えて声を失った。

もう一ヶ月近く手が動かないのでさすがに弱気になっているのだろうか。それとも、電話口で琉星が母親に雉真のことを打ち明けなかったことを気に病んでいるのか。恋人である自分の存在を家族に隠され、人知れず傷ついていたのかもしれない。自分が逆の立場だったら落ち込んだはずだ。

琉星に横顔を向けて目を伏せる雉真を見て、母親に本当のことを伝えなかったことを今更悔やんだ。

（やっぱり、ちゃんと説明しよう。雅真さんはクリーンな金融会社を目指しているんだし、母さんだってきっとわかってくれる）

今ならば、雅真の仕事についてきちんと説明できる自信もある。

しかし、同性であるという点についてはどうだろう。

きっと驚かれるだろう。反対されるかもしれない。

（もし反対されたら、僕はどうするだろう）

親の言葉に従い、雅真と別れるだろうか。自問して、琉星は雅真の横顔を見詰めた。

黙り込んだ雅真の顔はお世辞にも穏やかとは言えない。鋭い目元と引き結ばれた唇からは気難しそうな雰囲気が伝わってくる。

すぐに大きな声を出すので、最初こそ短気な人だと思っていた。けれど意外に懐が深い。社会からドロップアウトしそうな人たちをギリギリのところで引き留めようと必死になっている。傍目にはそう見えなくとも気にしたふうもなく、わざとらしい優しさは欠片（かけら）も見せない。

警戒心が強そうな顔をして、琉星の膝に頭を預けて眠ってしまったりすることもある。二人きりで過ごすときの笑顔は驚くほど無防備だ。

この人と離れられるだろうかともう一度考えて、琉星は胸の中で自答した。

（……離れられないだろうな、きっと）

あまりにもあっさりと答えが出て、自分の中で雅真の存在がこれほど大きくなっていたことに驚きを覚えた。これまで琉星は、母を悲しませたり心配させたりしないことを最優先に生きてきたはずなのに、今やもし母に反対されたとしても、それを押し切ってでも雅真のそばにいようとしている。

雅真を傷つけるくらいなら、きちんと母親に雅真とのことを報告しようと思った。母に反対されても泣かれても、離れられるわけもないのだから。

琉星は真剣な顔になって、体の横でぎゅっと手を握った。

「そうですよね……。このまま一生、雅真さんのことを母に隠しておくわけにもいきませんし。いずれ説明するなら、早い方がいいですよね」

呟くと、雅真が驚いたような顔でこちらを見た。「一生って……」と雅真が口にすると同時に、背後で事務所のドアが開く。

取り立てに出ていた社員が戻ってきたのかと振り返り、琉星は目を瞠った。ドアの向こうから現れたのが、弦十郎だったからだ。

前回と同じくスーツ姿で現れた弦十郎を見て、雅真が音を立てて椅子から立ち上がる。

「……勝手に入ってくるな」

地鳴りのような雅真の声にも動じることなく、弦十郎は雅真の席の前までやって来た。片手に鍵を持っているところを見ると、元々この会社の鍵を所有していたらしい。

すぐさま追い返すのは不可能だと悟ったのか、雅真は不愉快そうに腕を組んだ。

「来月来るんじゃなかったのか」

「あと数時間で今月も終わる。誤差みたいなものだろう」

素っ気なく言い放ち、弦十郎は雅真の隣に立つ琉星に目を向けた。

「……この前のバイトか」

独白めいた呟きに、琉星は素早く反応して一歩前に出た。たった今、雅真との仲は隠すまいと心に決めたばかりだ。弦十郎を見上げ、いえ、ときっぱりした声で否定した。

「改めてご挨拶させていただきます。息子さんとお付き合いさせていただいております、雲母です」

目の端で雅真がぎょっとした顔をした。横から手が伸びてきて肩を掴まれたと思ったら、勢いよく雅真の方に引き寄せられる。

「余計なことを言うな……！」

琉星の耳元で低く囁き、そのまま自身の背後に琉星を隠そうとする。子供が大事なものを背中に隠すような仕草だ。それを見て、琉星は雅真にだけ聞こえる小さな声で言った。

「雅真さん、僕はオルゴールじゃないです」

雅真が動きを止め、肩越しに琉星を振り返る。その顔を見上げ、琉星はきっぱりした口調で言った。

「隠してくれなくて大丈夫です。何かあっても、僕は僕で対処します。オルゴールみたいに、黙って潰されたりしません」

雉真が目を見開く。その向こうから、弦十郎の淡々とした声がした。

「それで、業務改善策は？」

雉真は眉間に皺を寄せると、改めて弦十郎と向き合った。目元に落ちる前髪を鬱陶しそうにかき上げ、声に滲む苛立ちも隠さず答える。

「これからはきつめに取り立てりゃいいんだろう」

放り投げるようなぞんざいな口調に、弦十郎も目を眇める。

「それは具体的な改善策とは言えないな。他にないのか」

「ない。これ一択だ」

「それしかないのに徹底できないなんて、お前の経営管理能力を疑うぞ。この状況で十年近く会社が続いたことの方が驚きだ」

「これまで問題はなかったんだ。今までのやり方で何が悪い」

「時流に乗れない会社など衰退する一方だ。お前の会社のようにな」

突然始まった二人の言い合いをはらはらと見守っていた琉星だが、雉真の肩にぐっと力が入ったのを見て慌ててその背後から飛び出した。一触即発の雰囲気をなんとか散らそうと、二人の間に割って入る。

「あの！　か、改善策と言えるかわかりませんが、税金や行政サポートに関する無料相談会など開催してみるのはどうかと、し、社内で検討中です！」

実際は社内で検討どころか背後の雉真にすら相談していないのだが、そうでも言わないと二人の口論を止められそうもなかったので震える声で言い切った。

弦十郎がちらりと琉星を見る。一人息子の恋人――しかも同性だ――の琉星を見ても、表情はほとんど変わらない。琉星の言葉を止める様子もなく、無言で続きを促す。

むしろ琉星を止めようとしたのは雉真の方だ。おい、と苦々しげな声を出した雉真を振り返り、琉星は自分なりに考えた改善策を口にした。

「雉真さんがいつもお客さんにやってあげていることを、きちんと講師を招いてやるんです。どこか場所を借りて、一通りの講義が終わったら個人からの相談を受け付けてもいいと思います。もちろん、講師を呼ばずとも雉真さんがやってくれても構わないんですが……」

「無料の相談会ではメリットがない」

弦十郎が割って入ってきた。相変わらずの無表情で、抑揚乏しく続ける。

「税金はともかく、行政サポートに関する情報を与えては店から金を借りる客が減るだけだろう。一体なんのメリットが？」

弦十郎の声は冷え冷えとしている。雉真のように声が大きいわけでもなく、威圧感を与えるような重低音でもないのだが、何事か言い返す力を根こそぎ奪う冷淡さだ。

怯みそうになったものの、踏みとどまって琉星は答えた。

「売り上げを上げるためには、まずお店に来てくださるお客様を増やす必要があると思います。でも、お金に困っていて、なおかつ銀行にも頼れない、そんな状況でも消費者金融会社に足を向けない人もたくさんいます。怖いからです」

消費者金融という言葉に拒否反応を示す人は多い。最初に付きまとうイメージは、なんだか怖そう、だ。ヤクザのような強面の男たちに金を貸し付けられ、借金まみれになる未来しか見えない。少し前まで琉星もそうだった。

「ですからまずは、無理やりお金を貸し付けたりしない安全な会社だとわかってもらうことが先決ではないでしょうか。相談会に来てくれた人が全員お客様になってくれなくても、街でポケットティッシュを配るより効率がいいと思います。それに、ポケットティッシュに入っているチラシを見て慌てて店に駆け込んでくる人より、相談会に参加する人の方が、危機管理能力がしっかりしている分、返済率が高いように思えます」

弦十郎は無言で琉星の言葉に耳を傾けている。相変わらず表情は変わらない。能面のようなその顔を見上げ、ごくりと喉を鳴らして自身の胸に手を当てた。

「それに、僕はカウンセラーを目指してます。お金に困っている人は、多かれ少なかれ心に余裕が無いはずです。冷静になれないと必要以上にお金を借りようとしたり、逆に中途半端な額だけ借りて、また足りなくなって多重債務に陥る可能性もあります。そんな人たちに、まずは落ち着きを取り戻してもらえるよう、僕もお手伝いしたく思っています」

これは以前、雉真に冗談半分で「うち専属のカウンセラーになったらどうだ」と声をかけられたときから考えていたことだ。そのときは聞き流してしまったが、借金を負ったときの自分がどれほど冷静さを欠いていたかを思い出して、もしかすると自分の目指す仕事が役に立つのでは、と思うようになった。

いずれは正式なカウンセラーになり、この会社のアルバイトも辞めるつもりではいるものの、臨時のアルバイトとして客のカウンセリングを担当することはできる。それがどれほどの功を奏するかはわからないが、雉真の力になれるのならいくらでも協力したかった。

琉星の言葉が終わると、弦十郎はひとつ瞬きをしてゆっくりと身を屈めた。無表情のまま、琉星の顔をまじまじと覗き込んでくる。表情が読めずたじろいでいると、後ろからまた雉真に肩を摑まれた。

左手にもかかわらず雉真の握力は強い。雉真の胸に背中からぶつかったと思ったら、首に左腕を回され引き寄せられる。弦十郎の前だというのに体が密着してしまいうろたえたが、見上げた雉真の顔は怖いくらいに張り詰めていて、声をかけられなかった。

警戒を露わにする雉真の顔を見て、弦十郎は小さく溜息をつく。

「そう威嚇するな。別に取って食ったりはしない」

「信用ならん」

弦十郎の言葉を一蹴して、雉真は琉星を引き寄せる腕に力を込めた。

それを見た弦十郎の表情が初めて変化した。いささか呆れたような顔つきだ。

「お前の大事なものを取り上げるつもりはない。子供の頃とは違うんだ。今そんなことをしたら、返り討ちにされる」

雉真は何か言い返そうと口を開きかけ、ふいに動きを止めた。今日初めて弦十郎の顔を真正面から見たような表情で、半歩だけ後ろに下がる。

視線が揺れ、何か捉えかねたように瞬きを繰り返し、またまっすぐに弦十郎を見る。その視線は、わずかだが斜めに下がっていた。

弦十郎は長身だ。琉星よりも背が高い。しかしそれ以上に大きいのは雉真だ。身長はもちろん、肩幅も、胸の広さも、弦十郎とは一回り違う。

無言で弦十郎を凝視する雉真の横顔を見上げ、琉星はふと思う。自分が親の身長を追い越したのはいつだったろう、と。

小学校の高学年頃までは、そろそろ母親の背を抜くだろうかとそわそわしていたが、中学生になる頃にはあまり気にならなくなっていた。おそらく母の背を抜いたのは高校生の頃だと思うが、母と商店街を歩いているとき八百屋の主人に「大きくなったね」と言われてようやくそのことを自覚したくらいだ。

圧倒的に届かないときほど気にするのに、追い抜くときは一瞬過ぎて気付けない。親の大きな体はずっとイメージとして残り、自分の方が大きくなったのだと理解するまでに少し時間がかかる。

雉真はどうやら、自分が父親の背丈を追い越していたことをたった今自覚したらしい。あるいは背の高さだけでなく、腕力でも勝るのだという事実も初めて実感を伴って理解したのかもしれない。

弦十郎は急に黙り込んだ雉真を怪訝そうな目で見てから、琉星へと視線を移す。

「無料相談会とカウンセラーか。玄哉よりはよほど具体的な案だな。上手くいくかどうかは知らんが、無策よりはましだろう。こちらとしても、この会社に貸した金さえ返してもらえれば文句はない」

琉星が出した案は拙いものだったが、この場は引き下がってくれるようだ。返済期限が早まることもなさそうでほっと胸を撫で下ろす。

最後に弦十郎は、雉真に視線を戻して言った。

「俺の会社は継ぎたくないんだろう。せいぜいここは潰さないことだな」

言い置いて雉真に背を向ける。そのまま事務所を出て行くのかと思ったら、ふと足を止めて雉真を振り返った。

「怪我はもう治ったのか」

前置きもない唐突な言葉は、階段から落ちたときの怪我について尋ねているようだ。

雉真が何も言わないので、代わりに琉星が答えた。

「右の手首を痛めたのでテーピングをしていましたが、もう取れました。骨や筋に異常はありません。ただ、右手が――」

「治った。問題ない」

雉真が強い口調で琉星を遮る。右手が動かないことは弦十郎に知られたくないらしい。

弦十郎はちらりと雉真の右手を見て、そうか、と呟いた。

それだけだ。大丈夫だったのか、きちんと治せ、なんて優しい言葉はかけてこない。

けれど、本当に無関心だったら経過を尋ねてくることもしないだろう。

表情のない弦十郎の横顔を見て、もしかするとこの人は、とんでもなく口下手なだけなのではないか、と思った。

弦十郎は口数が少なく、表情も乏しい。胸の内は周囲に伝わりにくいだろう。でもあと一言、ほんの一言があれば、幼い雉真にも弦十郎の本心が伝わったのではないだろうか。

琉星は、弦十郎が息子のオルゴールを叩き壊したときの心境を想像してみる。

あのオルゴールは雉真が母親からもらって大切にしていたものだ。だが、弦十郎にとっても決して粗末に扱えないものだったのではないか。

(大切だったはずだ。奥さんの遺品なんだから)

その証拠に、弦十郎の左手には未だに結婚指輪が光っている。

琉星がそれに気づいたのは、弦十郎にネクタイピンを渡したときだった。差し出された左手に、シンプルな結婚指輪が嵌められていたのが印象に残った。後で雅真に確認してみたが弦十郎は再婚していないというし、亡き妻と交わした指輪で間違いない。

琉星はそっと雅真の横顔を窺う。

子供の頃は汲み取れなかっただろう父親の真意を、大人の雅真はどう受け止めるだろう。琉星に当時のことを語り聞かせる中で、何か新しい視点を持つことはなかっただろうか。

雅真は唇を引き結び、睨むような目で弦十郎を見ていたが、弦十郎がドアノブに手をかけた瞬間、弾かれたように口を開いた。

「借りた金、全額返済してもしばらくは子会社のままでいていいか」

ノブに手をかけたまま弦十郎がこちらを向く。返答を待たず、雅真は続けて言った。

「うちの会社がデカくなるまででいい。それまでは、傘に入れておいてくれ」

琉星は小さく目を見開く。傘に入れる、という言葉から、何かから守られているというニュアンスが伝わってきたからだ。

前は性善説だなんだと言っていたくせに、雅真にも父親の会社に守られている自覚があったのだろうか。それとも、事ここに及んでようやくその事実を受け入れられたのか。

弦十郎は雅真に横顔を向け、今度こそ事務所のドアを開けた。

「……好きにしろ」

弦十郎の表情は変わらない。それでも、人気のない事務所に響いた声は思いがけず柔らかかった。

ドアが閉まり、弦十郎が廊下を下りていく音が遠ざかる。

非常口のドアが閉まる微かな音を耳にして、琉星は詰めていた息をそろそろと吐き出した。

すっかり体から力が抜けてしまい、ふらりと雉真に寄り掛かる。

「業務改善策……お父さんに納得していただけて、よかったです……」

呟くと、首に回された雉真の腕に力がこもった。

「相談会なんて初耳だぞ」

こちらの顔を覗き込んできた雉真は不機嫌そうな顔で、琉星は慌てて姿勢を正した。

「す、すみません、勝手に……！　あの、ただの思いつきなので、お父さんにも絶対実行するとは約束してませんし……！」

「カウンセラーとしてうちで働くって？」

「り、臨時でよければ……というか、僕なんかに需要があれば、なんですけど……」

雉真は口をへの字に結んだまま、琉星の鼻をぎゅっと摘まんだ。

「そんなにいろいろ考えてたなら、真っ先に俺に言え」

「はっ、はい、すみま……あれ、雉真さん、今……」

琉星は目を瞠る。鼻を摘まんでいるのは、雉真の右手だ。

手を離されても、鼻先にじんと痺れが残るくらいの強さだった。弦十郎が来るまで封筒もろくに摑めない様子だったのに。

「……手、動くんですか？」

啞然として尋ねると、右手の人差し指で軽く鼻先を弾かれた。動いている。

理解した瞬間、安堵で膝から崩れ落ちそうになった。もしかしたらこのままずっと雉真の手は動かないかもしれないと案じていたのだ。

「よかった！　本当に、よか……っ」

言葉の途中で雉真に深く口づけられて目を見開く。

弦十郎はすでに建物の外に出たようだが、なんの弾みで戻ってくるともしれない。うろたえて雉真の腕を叩くと、うるさいとばかり唇を嚙まれた。

「ん……っ、ん……」

甘嚙みされた唇を舐められ、緩んだところに苦い舌を押し込まれる。もう雉真の体に染みついているのか、薄く煙草の匂いがする。右腕でしっかりと腰を摑んで抱き寄せられると安心してしまって、いっぺんに抵抗する気が失せた。

好き勝手口の中を舐め回され、陶然と目を閉じる。雉真が右手を怪我して以来、こんな深いキスをするのは久々だ。テープが取れるまでは傷が悪化しないように体を重ねることは控えていたし、テープが外れた後も軽いキスと、互いの体を触り合うくらいのことしかしてこなかった。琉星が奥手なものだから、雉真の利き手が使えなくなると途端に行為が先に進まなくなる。

最後に琉星の唇を吸い、雅真が低く囁く。

「動くみたいだぞ」

シャツの上から腰を撫でられ、背筋に軽い震えが走った。たかがこれしきのことで期待してしまっている。気恥ずかしくて目を伏せると、耳殻に唇を押しつけられた。

「でも、どうだろうな。これまで通り動くかどうか……」

「……っ、な、何か、違和感とかあるんですか?」

雅真の唇は耳から頬へと移動して、琉星の口の端で止まる。唇の位置はそのままに、吐息交じりに囁かれた。

「試してみるか?」

唇に息がかかって、心臓が痛いくらいに高鳴る。どうやって、とは訊かず、無言で頷いた。多分、自分の想像は間違っていない。

雅真は小さく笑うと、音を立てて琉星の唇にキスをする。

「ベッドに行こう」

琉星は顔中赤くして、無言のままもう一度頷いてみせた。

事務所を出て三階に上がると、居住スペースである玄関の鍵を開け、まっすぐ寝室へ向かった。

日中、誰もいない三階は蒸し暑い。冷房も入っていないので当然だ。事務所は寒いくらいエアコンが利いていただけに、急な温度差に鳥肌が立つ。

じっとりと熱い空気が肌にまとわりつくようで、エアコンのリモコンを探すべく視線を揺らしていたら、いきなり横から抱きしめられた。そのままベッドに押し倒される。

「き、雉真さ……、っ……んっ」

キスで言葉を奪われて、重い体に押し潰された。エアコンをつける余裕もない。音を立てて唇を食まれ、舌を絡め取られていっぺんに体が熱くなる。締め切った部屋の熱気も相まって、見る間にシャツの下の肌が汗ばんだ。

「あ……っ、は……」

スラックスからシャツの裾を引き抜かれ、雉真の大きな手が脇腹を這う。汗をかいた肌の上を滑る雉真の手も熱い。雉真の背中に手を回すとシャツが少し湿っていた。雉真だって暑いはずだ。それなのに、二人してキスを止めることもできない。

痛いくらい強く舌を吸われて腰が反った。鼻から抜けるような甘えた声が出てしまう。最初はこんな自分の反応を恥ずかしく思っていたのに、雉真がそれを喜ぶせいで隠せなくなった。

ようやく唇を離し、雉真は琉星の足をまたぐような格好で体を起こした。自身の唇を舌先で舐め、薄く笑う。

「さすがに脱水症状を起こしかねんな」

汗で濡れた前髪を後ろに撫でつける姿が様になっていてうっかり目を奪われた。この風格は一体どこから出てくるのだろう。やはり経験値の差によるものか。

雅真はベッドサイドに置かれていたリモコンを手に取ると、エアコンのスイッチを入れて「さて」と再び身を倒す。

雅真の顔が近づいてくる。汗をかいたせいか、肌の匂いがいつもより濃い。

「どれだけ動くようになったか、早速試してみるか」

雅真は右手を上げると、人差し指の背で琉星の顎を撫でて機嫌よく目を細めた。

指先はするすると喉元へ移動して、琉星の着るシャツのボタンにかかる。右手でボタンを外し始めた雅真を見て、場違いな感動を覚えた。指の動きはスムーズで、つい先ほどまで上手く動かなかったのが嘘のようだ。

「痛みとか……違和感はありませんか？」

琉星のボタンをひとつひとつ外しながら、「ないな」と雅真は応じる。

服を脱がされるときはいつもどこを見ていればいいかわからずうろたえるのだが、今日ばかりは別だ。よかった、と震える息に乗せて呟いた。

「本当に、よかったです……。でも、心配なので明日は一応病院に……っ」

言葉の途中で不自然に声が途切れた。シャツのボタンを外し終えた雅真が胸を撫で上げてきたせいだ。指先が肌の上を這うように動いて、胸の尖りをいたずらに掠める。

ひくりと喉を震わせると、雉真に顔を覗き込まれた。

「俺自身は違和感がないが、どうだろうな……？　俺の手は前と同じように動いてるか？」

指の先で胸の突起をぐるりと撫でられ、唇の隙間から震えた息が漏れた。同じ場所を指の腹でこすられると腰の奥がぞわぞわと落ち着かない。そんな場所、最初は触れられてもくすぐったかっただけだったのに。

「ん……、ん……ぅ」

喉の奥で声を殺していると、雉真がゆっくりと瞬きをした。

「……よくないか？　そうか、リハビリが必要か……」

「そ、ういう……わけでは……っ」

雉真の目の奥に落胆がよぎった気がして慌てて否定すると「いいのか？」と真顔で訊き返された。繰り返し撫でさすられて勃ち上がった乳首を軽く摘まれ、羞恥にもみくちゃにされながらも頷く。

雉真の指先にゆっくりと力がこもる。久々に動かすせいで加減がわからないのか、じわじわと胸の先端に刺激が加えられてのけ反った。

「……これくらいの力加減だったか？　それとも、もっと強く？」

「あ……っ、ぅ……っ」

「ん？　強かったか？」

琉星の頬に唇を寄せ、雅真は優しいくらいの声で問う。雅真の指先から力が抜けて、琉星は焦れたように爪先を丸めた。

「も……もっと……」

胸を喘がせながら口を開くと、耳元で雅真が「もっと?」と繰り返してくる。言い淀んでいると、続く言葉を促すように耳を噛まれた。耳朶に硬い歯が食い込む感触に背筋が痺れる。同じ刺激が欲しくなって、琉星はきつく目をつぶった。

「も、もっと……強く……っ」

耳元で風が吹く。雅真が笑ったのかもしれない。けれど胸の尖りを強めに摘まれ息を詰める琉星に、それを確かめるだけの余裕はない。耳元に触れていた雅真の唇が首に移動して、胸を弄られながら甘く首筋を噛まれて掠れた声が漏れた。

「あ、あ……っ、あぁ……っ」

「少し痛いくらいが気持ちいいか? 参ったな、お前……すっかり俺好みになって」

笑いを潜ませた声で囁いて、雅真は琉星の喉元に唇を押し当てる。じっくりと吸い上げられて声が出ない。指先で胸の尖りを弾かれて体が跳ねた。

雅真は琉星の喉元からさらに下へと唇を滑らせ、指で触れているのとは反対の乳首に唇を寄せる。止める間もなく口に含まれ、顎を跳ね上げた。

「あ……あぁ……っ、や……っ」

舌先で転がされ、軽く吸われて息が乱れた。触れられているのは胸なのに、刺激が腰骨へ響くようで腰の奥が疼きだす。

身をよじったら先端に軽く歯を立てられた。甘噛みだとわかっていても緊張して、胸に顔を埋める雉真を凝視してしまう。

視線に気づいた雉真が目を上げ、見せつけるように琉星の乳首を舐めた。

「痛いのが好きか？」

「……っ、ち、ちが……っ」

薄い唇の隙間からちらりと見えた舌がやけに淫靡で、目を奪われた。

雉真は目元に笑みを浮かべ、伸びあがって互いの胸を合わせる。至近距離で視線が絡まって、そのまま逸らせなくなった。

「催眠術、かけてやろうか？　痛いのが好きになるように」

ゆるりと弧を描く目に釘付けになって、一拍置いてからハッと我に返る。闇に響く雉真の声はやけに蠱惑的で、言いなりになってしまいそうだから怖い。

「だ、駄目です……！　やだ……！」

雉真の体の下でじたじたと足掻いていると、声を立てて笑われた。両腕で力強く抱きしめられ、さもおかしそうに「冗談だ」と告げられる。

本当だろうか。涙目で見上げると、目尻にキスを落とされた。おっかなびっくり見上げた顔には、底なしに甘い表情が浮かんでいる。

「これ以上俺好みになったら、お前なんていくつ体があっても足りない」

だからしない、と言われたが、安心していいのかわからなかった。雉真にその気はなくとも、無意識に自分の体が雉真の好みに寄り添ってしまいそうで恐ろしい。

青ざめる琉星には気づかぬ様子でキスを繰り返し、雉真は琉星の内腿（うちもも）に手を滑らせる。スラックスの上から下腹部を撫でられ、琉星は全身を緊張させた。それに気づいたのか、スラックスの前立てを指で辿（たど）りながら雉真は目を細める。

「痛いのは嫌なんだろう？」

だから気持ちいいことをしよう、なのか、だから大人しくしていろ、なのか、続く言葉がわからずただ身を硬くした。しかし雉真はどちらの言葉を口にすることもなく、手早く琉星のベルトを緩め、ファスナーを引き下げてスラックスの中に手を入れてしまう。

「あ……っ！　ぁ、あ……や……っ」

下着の上から性器を摑（つか）まれ、上下に扱（しご）かれて全身に震えが走った。少し強めに刺激を与えられるとあっという間に硬くなる。先端からあふれた先走りが下着を汚し、心臓が一回り大きくなったように激しく胸を叩（たた）き始めた。

「き、雉真さん……！　待って、ま……っ、ぁ……っ」

見る間に追い上げられて体が震え出す。射精感が高まって制止の言葉が崩れ落ちた。

雅真の指は巧みだ。この手の行為に慣れていない琉星をあっという間に高みまで連れ去ってしまう。快楽に抗いきれず、息を詰めて熱を解放しようとしたとき、それまで容赦なく琉星を追い立てていた雅真の手から力が抜けた。

「……っ！　な、なん……なんで……っ」

あと少しというところで放り出され、解放直前で押し止められた熱が体の中で渦を巻く。息苦しさに胸を喘がせて雅真を見上げれば、視界が涙でぼやけていた。

知らぬうちに、恨めし気な顔をしていたのかもしれない。目元にキスをされ、滲んだ涙を舐められる。いじわるなことをするくせに唇だけは優しくて、うう、と喉の奥で低く呻くと雅真に笑われた。

「悪いな、まだ右手が本調子じゃなくて」

「ほ……本当ですか……？」

わざとじゃないか、と思ったが、雅真が甘ったるく目を細めて「すまん」とキスをしてくるものだから怒れない。ぐずぐずしているうちにシャツを脱がされ、スラックスも下着ごとベッドの下に落とされた。

雅真は満足そうな顔で琉星を眺め、再びその下肢に手を伸ばす。

痛いくらい張り詰めたものを大きな掌で包み込まれて、息を詰めた。

「どうだ、加減は間違ってないか？」

弱く握られ、ゆったりと上下に手を動かされて体がびくついた。先走りが雅真の手を濡らし、とろとろとした快感に溶かされる。でも弱い。もっと強い刺激が欲しくて勝手に腰が揺れてしまう。

「あ……、ぁ……っ、き、雅真さん……っ」

「うん？　強かったか？」

切羽詰まった声で名前を呼んでみても、雅真は楽しそうに笑うばかりで手の力を強めない。

それどころかますます力を緩めて先端に指を這わせてくる。

多分、わかっていてやっているのだろう。焦らされて頭が沸騰しそうだ。闇雲に腕を伸ばして雅真の体にしがみつく。煙草(タバコ)の匂いがするシャツの襟元に噛みつくと、雅真が肩を震わせて笑った。

「久々なんだ、慎重にやらせてくれ。うっかり手元が狂って痛い目に遭ったら嫌だろう？」

こちらを案じるような言葉だが、雅真は愉快そうに笑っている。屹立(きつりつ)の裏側を濡れた指先でつぅっと撫でられ、琉星は雅真のシャツの背に爪を立てた。

「い……痛くて、構いませんから……っ」

痛いのが好きになる、なんて暗示をかけられそうになったときは嫌がって暴れたくせに、快感に負けて掌を返す自分が恥ずかしかった。なりふり構っていられず、身の内に渦巻く熱をどうにかしてほしいと涙声で訴えれば、雅真がひそやかに息を吐く。

「……催眠術にもかけられてないのに、俺の思い通りに動きすぎだ」

囁くような声で言って、雅真が指先に力を込める。掌で作った肉の輪に過敏な部分を締めつけられて腰が浮いた。よほどひどくされるのかと思ったがそんなこともなく、少し強めに扱かれて肌が粟立った。痛みはなく、焦らされた分だけ濃度を増した快感だけが噴き上がってくる。

「あっ、ひ、あ……っ、あぁっ！」

二度目の絶頂は逸らされることなく、琉星は全身を震わせて雅真の手の中で吐精した。一度せき止められていただけに余韻が長い。声もなく肩を上下させていると、頬に柔らかなキスをされた。涙目を向ければ、上機嫌に笑う雅真の顔が目に飛び込んでくる。

「痛くされるかと思ったか？」

その通りだったので微かに頷くと、唇に噛みつくようなキスをされた。痛いとも言えない、痺れるような感触だけ唇に残し、雅真は身を起こして自身のシャツを脱ぎ始める。

「期待させたなら悪かった」

「き、期待してません……！　むしろ、雅真さんが……したかったのでは……？」

「ん？　俺か？」

雅真は右手で器用にシャツのボタンを外し、無造作にそれを放り投げてベルトのバックルに手をかける。そうしてためらいなく全裸になると、琉星の腕を摑んで起こした。

「別に他人を痛めつける趣味はないが……お前を見てるといろいろやってみたくなるな」

「い、いろいろって……」

琉星は雅真の手に促されるままベッドで四つん這いになる。この体勢は恥ずかしいのだが、達したばかりで体に力が入らない。

上半身はシーツに突っ伏し、腰だけ高く上げた自分の姿を頭に思い描いて耳を赤くすると、背中に雅真の胸が触れた。耳裏に唇を寄せられ、低く囁かれる。

「とりあえず今日のところは、恥ずかしそうな顔でいやらしいことをねだる姿が見たいだけだ」

シーツに横顔を押しつけていた琉星は目を見開く。ただでさえ熱くなっていた耳朶が一層熱を持ち、焼ききれそうだ。とりあえずでそんな辱めは受けたくないと思ったが、雅真はすでにベッドサイドに腕を伸ばしてローションとコンドームを出している。シーツを掻いて雅真の下から抜け出そうとしたが、がっちりと腰を摑まれて動けない。

「冗談だ、冗談。ほら、大人しくしろ。リハビリにつき合ってくれるんだろ？」

笑いながら首裏にキスをされ、琉星は今度こそ耐えきれずシーツに顔を埋めた。

本気で嫌がっていないことを雅真に見透かされ、大人しく受け入れるための言い訳まで与えられてしまった気がするが、考えすぎだろうか。

甘やかされて溶かされて、雅真の言いなりになっている気がする。催眠術より質（たち）が悪い。

琉星が突っ伏している間に雅真はローションのキャップを開け、たっぷりとローションをまとわせた指で隘路に触れる。

「……っ、う……」

指の先が襞をかき分け、奥に押し入ってこようとするこの瞬間だけは毎度緊張する。息を呑むと、宥めるように背中にキスをされた。

くすぐったくて肩が跳ねる。肩甲骨に沿うように唇が動いてびくびくと背中が震えた。そちらに気を取られているうちに、ゆっくりと指が奥まで入ってくる。

「ん……っ、ん、は……っ」

節くれ立った太い指を根元まで押し込まれ、ぶるりと体を震わせた。

幾度となく雉真を受け入れてきたそこは従順にほころんで、ねだるように雉真の指を締めつける。じっくりと引き抜かれると背中が弓なりになり、ローションをつぎ足しながらまた奥まで押し込まれると甘ったるい声が漏れた。

「あ……ぁっ、あ……っ、ん……っ」

途中、雉真が性器に触れてきてびくりと肩を震わせた。

「や、やめ……っ、雉真さん……っ、両方は……！」

切羽詰まった声で止めようとするが、雉真はゆるゆると性器を扱く手を止めない。一度達しているはずなのに、手の中でまた自身が勃ち上がっていくのがわかって恥ずかしかった。先端に指を這わされると下腹部に力が入って、雉真の指を強く締め付けてしまう。緩慢に抜き差しされる指の形すらわかるようで、琉星は涙交じりの声を上げた。

「や、あ……ぁ……っ、あぁ……っ」

「久々なのにぐずぐずだな。それとも、久々だからか？」

からかうような口調で問いかけられたが、指の腹で内壁をこすられてろくな返事もできない。

柔らかな果実を押し潰すように、体の奥から甘い快感がにじみ出てくる。含み切れなかったローションが内股を伝い落ちて、その感触にすら震え上がった。

いつもよりローションの量が多いのか、雉真が指を増やすたび水音が大きくなって、琉星は顔中赤くしてシーツを掻きむしった。こんな音を聞かされたら、見なくとも雉真の指が出入りする様がわかってしまって恥ずかしい。耐え切れず、首を回して雉真に訴えた。

「き、雉真さん……っ、もう、もう指は、いいですから……」

こんな急かすようなことを言って、どんな恥ずかしい言葉で嬲られるかわからないと覚悟したが、雉真から意地の悪い言葉がかけられることはなかった。それどころか琉星の背骨に唇を寄せ、いや、と柔らかな声で囁く。

「久々だからな。きちんと慣らしておいた方がいい」

「で……でも……っ、ぁ……っ」

中でぐるりと指を回され声が跳ねる。

初めてのときだってここまで慎重ではなかった気がするのに。ぐずぐずに溶けた内側をかき回されて声が殺せない。性器に触れていた手はいつの間にか腿を撫でるだけになって、後ろの刺激だけで高い声を上げる。

「ひ……っ、ぁ、あ、あぁ……っ！」

　ことさら過敏な部分を指の腹で押し上げられてシーツを握りしめた。媚肉がぎゅうぎゅうと雉真の指を締めつける。苦しいくらいに息が上がって、琉星は涙目で雉真を振り返った。

「雉真さん……っ！　もういいです、いいから、は、早く……っ」

　語尾が掠れて小さくなる。瞬きをすると睫毛の先に引っかかっていた涙がシーツに落ちた。涙で歪む視界の中、雉真の表情はよく見えない。暗がりに目を凝らしてみたが見定められず、指を引き抜かれてとっさに目をつぶってしまった。

　背後でコンドームの封を切る音がして、大きな手で腰を摑まれる。それだけで息が詰まるほど心拍数が上昇した。背中に雉真が覆いかぶさってきて、その胸の熱さに息を呑んだ。

「……いいのか？　とろとろだから一気に奥まで入っちまうかもしれないぞ？」

　先端で窄まりを撫でられ、ごくりと唾を呑んだ。耳元で囁かれた声が甘ったるくて、言葉の内容まで汲み取れない。脅し文句だったのかもしれないが、構わず首を縦に振った。

　頰にふっと吐息がかかって、追いかけるようにキスをされる。

　琉星は懸命に首をねじって雉真を振り返った。頰に落ちた唇が口の端に触れる。その唇を追いかけると、軽く触れるだけのキスを返された。無自覚に落胆した顔をしていたらしい。雉真が琉星の顔を覗き込んで相好を崩す。

「口開けろ」

短い言葉に反応して口を開けると、今度こそ深く唇が重なって口の中を舐め回された。

「ん……ん、ん……」

苦くて熱い舌に口内を蹂躙（じゅうりん）されると、舌先がピリピリと痺れる気がした。キスの間も焦らすように窄まりに先端を押しつけられ、酸欠でも起こしたように心臓が強く胸を叩く。

琉星は自ら舌を伸ばして雉真の舌を搦（から）め取り、強く吸い上げた。待ちきれなくて甘く嚙めば、応じるように雉真が腰を進める。

「……っ、ぅ……ん……っ」

狭い場所を、丸みを帯びた先端が潜（くぐ）り抜けてくる感触に喉が鳴った。雉真は中途半端に切っ先だけ埋めて動きを止めると、キスをほどいて琉星の顔を覗き込んでくる。

琉星はもう声も出ない。息を弾ませて雉真を見上げるばかりだ。それでも、興奮して赤らんだ目元や弾んだ息、濡れたように光る目が言葉より雄弁に雉真を急かす。

早く早くと言葉以外の全部を使って訴えてくる琉星を見詰め、雉真は満足そうに目を細めた。

「本当に、俺好みのいやらしい体になってきたな」

笑いを含ませた声で囁いて、雉真が琉星の腰を摑み直した。

無自覚にシーツを握りしめる。雉真が再び腰を進めてきて、喉の奥から甘く滴るような嬌（きょう）

声が漏れた。

「あっ、あ、あぁ……っ！」

最後は勢いをつけて奥まで呑み込まされ、体がのけ反る。待ち望んでいたつもりだったが、刺激が強すぎて一瞬本当に目の前が白んだ。体勢を立て直す前に揺さぶられて涙声が出る。

「や、ま、待って……あ、ひ、あぁ……っ！」

「ほら、だから、もう少し慣らした方がいいって言っただろう？」

子供をあやすような口調だが、雉真の腰使いは容赦がない。乱暴なわけではないのだが、手加減なく琉星の弱い場所を責めてくる。

太い幹でずるずると内側をこすられるだけでもたまらないのに、先端で最奥をこね回されて切れ切れの声を上げた。細い神経を弾かれるような鋭い快感が何度も背骨に走って息が止まる。

「や、や……っ、あっ、ぅ……っ！」

「どうした、痛むか？」

涙で濡れた琉星の頬に唇を寄せ、雉真はことさら優しい声で問う。

痛いわけではないのだが、快感が強すぎて辛い。そう伝えようとするのだが、繰り返し揺さぶられ、突き上げられて、唇から落ちるのは意味をなさない嬌声ばかりだ。

ぐすぐすと鼻を鳴らしながら、やはり雉真には多少嗜虐趣味があるのだろうかと思っていたら後ろから顎を掴まれた。振り向かされたと思ったらキスで唇をふさがれる。緩んだ唇の隙間から性急に舌が押し入ってきて、震える舌を搦め取られた。必死で応えようと舌を動かせば突き上げが激しくなる。

互いの唇の隙間から漏れる息が弾んでいて、ようやく背中に当たる雉真の肌が汗ばんでいることに気づいた。からかわれたり焦らされたりと翻弄されるばかりで見落としていたが、雉真もそう余裕があるわけではなさそうだ。

舌の先を柔く噛まれて体が跳ねた。弾みで奥まで受け入れた雉真の屹立を締め付けてしまって全身を震わせる。濡れた粘膜が絡まって溶けるようだ。唇が離れた途端、後ろから雉真に掻き抱かれた。

「あっ！　あ、あぁ……っ！」

蕩(とろ)けた肉襞を手加減なく穿(うが)たれ、腰が砕けるほど強烈な快感に呑まれる。胸の前で交差された雉真の腕が熱い。エアコンは利いているはずなのに気がつけば全身汗みずくだ。

目に汗が入って痛い。でもそれを拭う余力も残っていなかった。いいように揺さぶられ、耳朶を撫でる荒い息遣いに酩酊(めいてい)する。背中に押し付けられる汗ばんだ胸や、言葉少なに腰を打ち付けてくる様子から雉真の興奮が伝わってきて崩れ落ちそうだ。頭のてっぺんから爪先まで、痺れるような充足感に満たされる。

ひと際深く突き入れられ、駄目押しのように先端で内壁を穿たれて、琉星はシーツを掻きむしって全身の筋肉を引き絞った。

「あっ、あ、あぁ――……っ！」

触れられてもいない性器から白濁が飛び散る。耳の奥で金属を叩くような音がして、耳鳴りに襲われながら全身を弛緩させた。ぐったりした体は雅真にきつく抱きしめられて身動きも取れない。

でもそれが不思議と心地よかった。全身で雅真の体温を感じて溶けてしまいそうだ。

背後で雅真が息を詰める気配がして、琉星は睫毛の先を震わせる。

本当は、振り返って雅真の顔を見たかったし、右手の具合はどうなのか尋ねたかった。けれどもう、体が鉛のように重くて瞼を開けておくことも難しい。雅真さん、と寝言のような声でその名を呼ぶのが精いっぱいだ。

返事はない。聞こえなかったのだろうか。諦めて完全に目を閉じた瞬間、応えるように頬に柔らかなキスが落ちた。

何を言われたわけでもないが、いいから寝ろ、と促されたような気分になって、琉星は抗うことなく眠りに身をゆだねた。

涼しい風が肩を撫でる。次いで優しく髪を梳かれて意識が浮上した。

目の下をかさついた指が撫でていく。薄く煙草の匂いがする、雅真の指だ。

ゆっくりと目を開けると、再び髪を指で梳かれた。額に落ちる髪を後ろに撫でつけられるのが気持ちいい。ひとつ息を吐いてから、今度こそしっかりと瞼を上げる。

「起きたか」

ベッドに横たわったまま視線を動かすと、隣に寝そべる雉真と目が合った。

雉真はこちらに体を向け、肘をついて琉星の髪を弄っている。

室内はまだ薄暗い。行為の後に意識を飛ばしてしまったようだが、そう長いこと眠っていたわけではなさそうだ。

雉真は琉星の髪を撫でながら、口元に笑みを浮かべる。

「久々なのに無茶して悪かった。お前がいい塩梅に乱れてくれるもんだから、ついな。思ったより自分好みに仕込んでたもんだと感動すら覚えた」

寝起きでぼんやりしていた琉星は、自分の醜態を思い出すやカッと顔を赤らめた。雉真の顔を見ていられなくなって布団に潜り込もうとしたが、待て待てと布団の端を押さえられる。

「人のこと煽(あお)っといて今更照れるな」

「あ、煽ったつもりは……！」

「親父(おやじ)の前で堂々と恋人宣言しておいてか？」

「それは、その……。勝手に、すみません……」

「別に謝る必要はないが、前回は否定したくせにどういう風の吹き回しだ？」

琉星の前髪を指先に巻きつけ、雄真はのんびり笑っている。弦十郎（げんじゅうろう）の前で恋人宣言をしたことを怒っているわけではなさそうで、琉星はおずおずと口を開いた。

「雄真さんとの関係をお父さんの前でごまかしてしまったとき、雄真さんを傷つけてしまったかもしれないと思ったんです。だから、次に機会があったらきちんと訂正しようと思っていて……」

指先から琉星の髪を滑らせ、ふぅん、と雄真は鼻先で応える。

「そういえばお前、自分の母親からも俺の存在を隠そうとしてたな。友達扱いされて、さすがに傷ついたぞ」

雄真の声が小さくなって、琉星はぎょっと目を見開いた。

「す、すみません、やっぱり傷つきましたよね⁉　母にも近々、きちんと打ち明けるつもりなので……！」

琉星は本気でうろたえたが、次の瞬間雄真が喉を鳴らして笑い始めたのでぽかんとした。

「あ、あの……？」

「いや、冗談だ。あの程度で傷つくほど繊細じゃない」

でも、と言い返そうとすると、拇印（ぼいん）でも押すように唇に親指を押しつけられた。傷つくどころか、機嫌よさそうに笑って雄真は言う。

「慌てて報告しなくていいぞ。何しろお前とは一生のつき合いになるんだもんな？」

雉真に唇を押さえられたまま、へ、と間の抜けた声を出す。

「自分で言ったんだろう。母親に俺のことを一生隠すわけにはいかないって。お前は一生俺のそばにいる覚悟を決めているんだなと思って、感動した」

琉星はしばし黙り込み、遅れて大きく目を見開いた。

確かにそんなことを言った記憶はあるが、ほとんど独り言のつもりだったので深く考えていなかった。今更のように自身のとんでもない発言に気づき、雉真の手を取って口から引きはがす。

「あの、雉真さんが今後のことをどう考えているのかも知らず図々しいことを言ってしまいましたが、僕の方はこの先も別れるという想定を全くしていなかったというだけで……！」

「そうか。どんどん口説き文句の殺傷能力が上がっていくな」

雉真の気持ちに関係なく、自分の想いはこの先も変わらないと白状してしまったも同然だ。その告白がどんなに熱烈か琉星本人はよく理解していない。ただ、闇の中でぎらつく雉真の目を見て、何やら墓穴を掘ってしまったことだけは理解し慌てて話題を変えた。

「と、ところで、右手の様子はいかがですか！」

「絶好調だ。さっき確認しただろう。もっとじっくり確認するか？」

「ええ、遠慮します！　ま、待ってください、真面目な話をしているんです！　僕の暗示のせいかもしれないいんですから慎重に……」

「暗示なんてかかってないぞ」

あっさりと言い放たれ、琉星は目を丸くする。雅真の顔を見て、先程まで自分の髪を撫でていたその右手を見て、また雅真に視線を戻した。

「でも、右手……」

呆然と呟くと、雅真がにっこりと笑った。なんだか妙に嘘くさい笑顔だ。その表情のまま、琉星の頬を優しく撫でる。

「お前は本当に学習しないな。あんなもん、演技だ」

「えっ!?」

「階段から転げ落ちて捻挫をしたのは本当だが、テープが外れた後は特に問題もない。疑うなら事務所の連中に聞いてみろ。お前がいない場所では普通に右手で仕事もしてたぞ」

「でも、社員の人が脚立から落ちかけたとき、本当に右手が弛緩して……」

「あのときはお前が見てたからな。とっさの判断にしちゃいい動きだっただろ」

平然と言い放たれ、琉星は悲鳴じみた声を上げた。

「どうしてそんな嘘を……!」

「お前の罪悪感を煽って俺のそばに繋いでおこうと思ったからだ」

雅真はためらいもなく己の目論見を口にして、唖然とする琉星の頬を指の背で辿る。

「お前、俺の親父を見てどう思った?」

いきなり話が飛んだ。ごまかすつもりかと思ったが雉真の表情は真剣だ。戸惑ったものの、問われるまま弦十郎の第一印象を思い返す。

「てっきり、その筋の人かと思いました。正直ちょっと……怖かったです」

「だろうな」

琉星の返答を予想していたのか、雉真はあっさりと頷く。

「うちはクリーンな金融会社を目指しちゃいるが、あんな筋者にしか見えない親父が出てきたらさすがのお前も危機感を感じて、俺から逃げ出すんじゃないかと思った。それに……」

ふいに雉真が言葉を切ったので、琉星は続きを待って雉真の顔をじっと見詰める。

雉真は束の間迷うように口を閉ざしてから、溜息交じりに呟いた。

「お前はいざとなったら、俺より母親の意見を優先するだろうと思った。俺との関係を母親に反対されたら、きっと俺から離れる。だから、弱みにつけ込むことにしたんだ」

雉真に怪我を負わせてしまったことを琉星が予想以上に気に病んでいたので、怪我が完治した後も右手が動かないことにしていたらしい。

思いがけず姑息な手段に出た雉真を、琉星は信じられない思いで見詰める。対する雉真はもう開き直った顔だ。悪いかとばかり見詰められ、じわじわと頬が熱くなってきた。

（き、雉真さんて、もしかして……思った以上に僕のことが好きなんじゃ……？）

そんな小細工などしなくても、自分は雉真の手を離すことなどしないのに。

いつもその掌の上で転がされるばかりで気づかなかったが、思うより必死で自分を引き留めようとしてくれていたのかもしれない。そう思ったら嬉しいような、照れくさいような、胸の中を引っ掻き回されたような気分になって、雅真の顔を見返せなくなる。

琉星の様子に気づいたのか、雅真が面白いものを見つけたときの顔で唇の端を引き上げた。

「なんだ。怒らないのか」

「そ、それは、騙されたのはちょっと気になりますが、でも、僕の催眠術のせいで手が動かなくなったわけじゃないとわかって、安心したので……」

「素人の催眠術なんてかからない。何度同じことをしたら学習するんだ？」

「で、でも、事務所の人たちが言ってたんです。雅真さんとお父さんは顔を合わせるたびに大喧嘩になるのに、今日に限って雅真さんが大人しいからおかしいって。だからてっきり、雅真さんの精神が子供時代に戻ったのかと……」

「ただでさえ親父の強面に怯えてるお前の前で、いつもの調子で怒鳴り合いなんてしたらますます怯えられるだろうと思って控えただけだ」

ということは、本当に全く自分の催眠術は関係なかったのだ。

長いこと気に病んでいたのが馬鹿みたいだと肩を落とせば「ひとつだけかかった暗示もあるぞ」と言われた。

「オルゴールの曲を思い出せたのは本当だ」

琉星はハッと顔を上げたものの、すぐ苦々しい表情になって頭を抱えてしまう。

「なんだ、どうした?」

「……あのときかけた退行催眠なんですけど、後でもう一度詳しく調べてみたんです。そうしたら、過誤記憶とか虚偽記憶なんて言葉が出てきて……」

「難しい単語を並べられてもわからん。つまり?」

いつ言い出そうかと迷っていただけに言葉に詰まったが、覚悟を決め、琉星はしっかりと顔を上げて言った。

「つまり、僕は雉真さんの記憶の上書きをしてしまったのかもしれないんです」

催眠術というのは、基本的に術者と被験者の信頼関係が築かれていないと成立しない。一方で、あまりに双方の距離が近すぎるとトラブルも発生する。被験者が術者に対して「期待に応えなければ」「困らせまい」と思うあまり、本心とは異なる回答をしたり、記憶を捏造(ねつぞう)したりしてしまうことがあるらしい。

「雉真さんが思い出した曲は『野ばら』ですよね。その曲、僕が目覚ましに使ってる曲です。雉真さんは夢うつつに聴いたそのメロディーを覚えていて、僕の質問に答えようとしてとっさにあの曲を口ずさんだのでは……?」

「いや……? そんなつもりはないが……」

雉真は本心から琉星の言葉を否定している様子だが、被験者が虚偽の記憶を作ったことを自覚しないケースも多々ある。海外では犯罪捜査に退行催眠を導入して、冤罪が起きた事例もあるそうだ。

「雉真さんのオルゴールから本当に『野ばら』が流れていた可能性もあるのですが……記憶を書き換えてしまった場合、もしかするとこの先も、正しい曲を思い出すことはできないかもしれません」

琉星は起き上がると、ベッドの上で正座をして雉真に頭を下げる。

「軽率なことをしてしまい、申し訳ありませんでした」

もしかすると自分は、雉真の大事な記憶を消してしまったのかもしれないのだ。謝っても許されるものではないが、せめて謝罪をしたかった。

頭を下げ続ける琉星の手首を雉真が摑む。びくりとしたが、その手は柔らかく琉星の手を引いて布団に戻るよう促してきた。

「全裸じゃ恰好がつかないな」

「……すみません、服を着てやり直します」

「必要ない。どっちにしろ、お前が催眠術をかけなければ一生思い出せなかった曲だ」

もそもそと布団に潜り込めば、片腕で抱き寄せられる。叱責を受けるかと思いきや、思いがけず雉真の表情は穏やかだった。

「……いいんですか、偽物の記憶かもしれないのに」

「別にいいだろう。もともと人の記憶なんて曖昧だ。記憶違いなんて珍しくもない」

琉星の目にかかる前髪を指先ですくい上げ、雉真は夜の静寂を壊さない静かな声で言う。

「これまでずっと、あのオルゴールを思い出すとき頭に浮かぶのは、壊れて蓋が開かなくなったオルゴールのなれの果てだけだった。音なんてするわけもない。でも、今は壊れる前のオルゴールを思い出せる」

雉真は布団の中から琉星の手を引っ張り上げると、その手を自分の耳に当てた。海辺で見つけた貝殻を耳に押しつける子供のように、静かに瞼を閉じる。

「お前の手の中から、懐かしい音がする」

それは琉星の拙い暗示で、そうであってほしいという祈りにも似た言葉だ。

蘇った記憶が本物かどうか確かめる術はもうない。けれど、少なくとも記憶の中で雉真は、何度でもオルゴールの蓋を開くことができる。

琉星は雉真の顔を見詰め、耳に触れていた手でそっと雉真の髪を撫でた。

「……僕の暗示が、この先どんなふうに雉真さんに作用するかわかりませんよ」

「その通りだな、素人の仕事は危なっかしいったらない」

目を閉じたまま雉真が笑う。

瞼を下ろすと、雉真はぐんと印象が柔らかくなる。その顔に視線を注いだまま、琉星はひそやかな声で囁いた。

「僕、もっと勉強します。この先雉真さんの心身に何か問題が起きたとき、今度こそきちんと対処できるように」

「いつ問題が起きるかわからんが」

「大丈夫です」

雉真の瞼がわずかに動いた。意外と長い睫毛の下から瞳が覗く。その目を覗き込み、琉星は思い切って宣言した。

「責任取って、ずっとそばにいますから」

そう言ってはみたものの、必要ない、なんて返されたらどうしようと内心どぎまぎした。ずっと一緒にいられるかどうかなんてわからないだろうと茶化されるかもしれない。

けれど琉星は本気だった。万が一雉真と恋人同士でなくなる日が来たとしても、臨床心理士とクライアントという関係でもいいからそばにいようと心に決める。

半分は、雉真に拙い暗示をかけてしまった罪滅ぼしで、もう半分は、どんな関係であっても雉真との縁を切りたくないという我儘(わがまま)だ。

緊張した面持ちで返答を待っていると、雉真にうっすらと目を細められた。

雉真は声もなく笑って琉星を抱き寄せる。

「お前みたいな素人催眠術師、一生勉強してろ」

久々に感じる肌の匂いに胸をどきつかせ、はい、と掠れた声で答える。

「それからお前は、いい加減他人を疑うことを覚えろ」

「ぜ、善処します」

「もっと危機感を持て。親父を見て怯(ひる)んだ本能は正しいんだ、無闇に近づくな」

「……わかりました」

「あとな」

「まだあるんですか？」

さすがに黙っていられず裏返った声を上げると、雉真にさらりと後ろ頭を撫でられた。

「ずっとそのままでいろ」

雉真の声には笑いが滲んでいた。さんざん改善点を挙げたくせに矛盾した言葉だ。

どういう意味だろうと思ったが、琉星は余計な質問は挟まず「はい」と頷く。今は理解できずとも、考え続けていればそのうち雉真の言わんとしたことがわかるかもしれない。

どうせずっとそばにいるのだ。琉星は素直にそう信じている。

ためらいもなく頷いた琉星がおかしかったのか、雉真がいつになく柔らかな声を立てて笑う。

「素直すぎるのも考えものだな」

呟いて、雉真は大事なものを懐深くにしまい込むように、琉星の頭を胸に掻き抱いた。

あとがき

自宅ポストに投函されていた消費者金融会社のチラシを資料のために取っておいていたら、たまたま遊びに来た家族にそれを発見されて凄く心配そうな顔をされてしまった海野(うみの)です、こんにちは。

仕事柄、いろいろな資料をたんと溜め込んでいるわけですが、なかなか整理ができません。本棚に収まりきらず床に積み重ねられた本はもちろん、雑誌や新聞の切り抜き、新幹線の車内誌やパンフレットなど。思わぬところに気になる情報が潜んでいるのであれこれ集めているのですが、スクラップブックを作るだけの根気もなく、乱雑に一ヵ所に押し込んでいるのが現状です。

そんな理由で消費者金融会社のチラシも家族の目に触れてしまったわけですが、あれは取り扱いに気を付けないといけない資料ナンバーワンだな、としみじみ思いました。

身内にあんな深刻な顔をされるとは。今後は資料の保管方法に気をつけようと心に誓った次第です。

スキャナでパソコンに取り込めばいいのでは？　とも思うのですが、電子データはいつか消える、という恐怖が拭いきれず……。去年、前触れもなくパソコンが壊れて全データ飛びかけたことがあったので、たとえスキャンしても現物は捨てられないのだろうな、と思ってしまいます。そしてパソコンの中でも現実と同じく適当なファイルにデータを入れてしまい「あれ、あのデータはどこに？」なんてことになるのが目に見えるようです。実際よくそんなことしてますし。

整理整頓が苦手な事実を無駄に披露してしまいましたが、それはさておき今回のお話はいかがでしたでしょうか。個人的には強面の攻が催眠術で受にメロメロになるシーンが書いていて楽しかったです。受の前でだけ豹変する攻、大好物です！

イラストは湖水（こみず）きよ先生に担当していただきました。

まずは受の琉星が美男子で「あら、王子様！」と大喜びしたのですが、次いで攻の雉真の顔を見て歓声を上げました。怖い、顔が超怖い！　怖さと格好良さが両立している！　あまりに理想通りで感激いたしました。湖水先生、素敵なイラストをありがとうございました！

そして末尾になりますが、この本を手に取ってくださった読者の皆様、本当にありがとうございます。こうして小説を書き続けていられるのも応援してくださる皆様のおかげです。少しでも楽しんでいただけましたらこれ以上の幸いはありません。

それでは、またどこかでお会いできることを祈って。

海野　幸（さち）

この本を読んでのご意見、ご感想を編集部までお寄せください。

《あて先》〒141－8202　東京都品川区上大崎3－1－1　徳間書店　キャラ編集部気付
「あなたは三つ数えたら恋に落ちます」係

【読者アンケートフォーム】
QRコードより作品の感想・アンケートをお送り頂けます。
Chara公式サイト http://www.chara-info.net/

■初出一覧

あなたは三つ数えたら恋に落ちます……小説Chara vol.40
（2019年7月号増刊）
記憶の中のメロディー……書き下ろし

Chara

あなたは三つ数えたら恋に落ちます

……【キャラ文庫】

2021年2月28日 初刷

著者 海野 幸

発行者 松下俊也
発行所 株式会社徳間書店
〒141-8202 東京都品川区上大崎3-1-1
電話 049-293-5521（販売部）
03-5403-4348（編集部）
振替 00140-0-44392

印刷・製本 図書印刷株式会社
カバー・口絵 近代美術株式会社
デザイン 百足屋ユウコ+モンマ蚕（ムシカゴグラフィクス）

ISBN978-4-19-901019-4

海野　幸の本

好評発売中

[匿名希望で立候補させて]

イラスト✦高城リョウ

お昼寝もお風呂も一緒で、兄弟同然に育った、おとなりの三兄弟——とりわけ優秀な長男・直隆(なおたか)に告白して、フラれた黒歴史を持つ史生(ふみお)。直隆の就職を機に疎遠になっていたけれど、突然地元に帰ってきた!!　しかも今回の転勤は、なぜか自分から希望したらしい。動揺する史生の元に、幼いころ三人と交わした交換日記が無記名で届く。そこには「実は男が好きなんだ」という衝撃の告白があって!?

海野 幸の本

好評発売中

[ifの世界で恋がはじまる]

イラスト✦高久尚子

専門知識はあるけれど、口下手で愛想笑いも作れない——ＳＥから営業に異動し、部内で浮いている彰人(あきひと)。今日も些細な口論から、密かに憧れる同僚・大狼(おおがみ)を怒らせてしまった…。落ち込むある日、偶然訪れた神社の階段で、足を踏み外して転落!!　目覚めた彰人を待っていたのは、気さくに声をかける同僚や、熱っぽい視線を向けてくる大狼——昨日までとは一転、彰人にとって居心地のいい世界で!?

キャラ文庫既刊

英田サキ

[DEADLOCK] シリーズ全3巻 ill:高階 佑
[SIMPLEX DEADLOCK外伝] ill:高階 佑
[STAY DEADLOCK番外編1]
[AWAY DEADLOCK番外編2] ill:高階 佑
[OUTLIVE DEADLOCK season 2] ill:高階 佑
[PROMISING DEADLOCK season 2] ill:高階 佑
[BUDDY DEADLOCK season 2] ill:高階 佑
[HARD TIME DEADLOCK外伝] ill:高階 佑
[恋ひめやも] ill:小山田あみ
[ダブル・バインド] 全4巻
[アウトフェイス ダブル・バインド外伝] ill:葛西リカコ
[すべてはこの夜に] ill:笠井あゆみ

秋月こお

[王朝春宵ロマンセ] シリーズ全4巻 ill:唯月 一
[王朝ロマンセ外伝] シリーズ全3巻 ill:唯月 一
[幸村殿、艶にて候] 全7巻 ill:九號
[公爵様の羊飼い] 全3巻 ill:円屋榎英

秋山みち花

[黒き覇王の花嫁] ill:麻々原絵里依
[騎士と魔女の養い子] ill:北沢きょう
[略奪王と雇われの騎士] ill:雪路凹子
[虎の王と百人の妃候補] ill:夏河シオリ

犬飼のの

[暴君竜を飼いならせ]
[翼竜王を飼いならせ 暴君竜を飼いならせ2]
[水竜王を飼いならせ 暴君竜を飼いならせ3]
[双竜王を飼いならせ 暴君竜を飼いならせ4]
[卵生竜を飼いならせ 暴君竜を飼いならせ5]
[幼生竜を飼いならせ 暴君竜を飼いならせ6]
[皇帝竜を飼いならせⅠ 暴君竜を飼いならせ7]
[皇帝竜を飼いならせⅡ 暴君竜を飼いならせ8]
[少年竜を飼いならせ 暴君竜を飼いならせ9] ill:笠井あゆみ

海野 幸

[ｉｆの世界で恋がはじまる] ill:高久尚子
[匿名希望で立候補させて] ill:高城リョウ
[あなたは三つ数えたら恋に落ちます] ill:湖水きよ

榎田尤利

[理髪師の、些か変わったお気に入り] ill:二宮悦巳

尾上与一

[初恋をやりなおすにあたって] ill:木下けい子
[花降る王子の婚礼] ill:yoco

音理 雄

[俺がいないとダメでしょう?] ill:榊 空也
[農業男子とスローライフを] ill:高城リョウ

華藤えれな

[氷上のアルゼンチン・タンゴ] ill:嵩梨ナオト
[人魚姫の真珠 〜海に誓う婚礼〜] ill:北沢きょう
[白虎王の蜜月婚] ill:高緒 拾

可南さらさ

[先輩とは呼べないけれど] ill:穂波ゆきね
[旦那様の通い婚] ill:高星麻子

かわい恋

[王と獣騎士の聖約] ill:小椋ムク
[異世界で保護竜カフェはじめました] ill:夏河シオリ

川琴ゆい華

[幼なじみクロニクル] ill:Ciel
[ぎんぎつねのお嫁入り] ill:三池ろむこ
[親友だけどキスしてみようか] ill:古澤エノ

神奈木智

[その指だけが知っている] シリーズ全5巻 ill:小田切ほたる
[ダイヤモンドの条件] シリーズ全3巻 ill:須賀邦彦
[守護者がめざめる逢魔が時] シリーズ1〜5
[守護者がおちる呪縛の愛 守護者がめざめる逢魔が時6] ill:みずかねりょう

北ミチノ

[好奇心は蝶を殺す] ill:円陣闇丸
[星のない世界でも] ill:高久尚子

久我有加

[寮生諸君!] ill:麻々原絵里依
[獲物を狩るは赤い瞳] ill:金ひかる

櫛野ゆい

[伯爵と革命のカナリア] ill:穂波ゆきね
[臆病ウサギと居候先の王子様] ill:石田 要
[興国の花、比翼の鳥] ill:夏河シオリ
[しのぶれど色に出でにけり輪廻の恋] ill:北沢きょう

楠田雅紀

[俺の許可なく恋するな] ill:乃一ミクロ
[恋人は、一人のはずですが。] ill:麻々原絵里依
[あの日、あの場所、あの時間へ!] ill:サマミヤアカザ
[海辺のリゾートで殺人を] ill:夏河シオリ
[Brave -炎と闘う者たち-] ill:小山田あみ

栗城 偲

[玉の輿ご用意しました]
[玉の輿謹んで返上します 玉の輿ご用意しました2]
[玉の輿新調しました 玉の輿ご用意しました3]

キャラ文庫既刊

[玉の輿に乗ったその後の話] 玉の輿ご用意しました番外編 ill:高緒 拾

月東 湊

[親愛なる僕の妖精王へ捧ぐ] ill:みずかねりょう
[旅の道づれは名もなき竜] ill:テクノサマタ

ごとうしのぶ

[熱情] ill:高久尚子

小中大豆

[妖しい薬屋と見習い狸] ill:高星麻子
[ないものねだりの王子と騎士] ill:北沢きょう
[十六夜月と輪廻の恋] ill:夏河シオリ
[鏡よ鏡、毒リンゴを食べたのは誰?] ill:みずかねりょう

桜木知沙子

[教え子のち、恋人] ill:高久尚子

佐々木禎子

[妖狐な弟] ill:佳門サエコ

沙野風結子

[一滴、もしくはたくさん] ill:湖水きよ
[人喰い鬼は色に狂う] ill:葛西リカコ
[夢を生む男] ill:北沢きょう
[疵物の戀] ill:みずかねりょう

秀 香穂里

[くちびるに銀の弾丸] シリーズ全2巻 ill:祭河ななを
[他人同士] 全3巻 ill:新藤まゆり
[大人同士] 全3巻 ill:新藤まゆり
[他人同士 —Encore!—] ill:新藤まゆり
[ウィークエンドは男の娘] ill:高城リョウ
[束縛志願] ill:新藤まゆり

[肌にひそむ蝶] ill:嵩梨ナオト
[オメガの純潔] ill:みずかねりょう
[コンビニで拾った恋の顛末] ill:新藤まゆり
[弟の番人] ill:ミドリノエバ
[地味な俺が突然モテて困ってます] ill:Ciel
[魔人が叶えたい三つのお願い] ill:小野浜こわし
[恋に無縁なんてありえない] ill:金ひかる

愁堂れな

[法医学者と刑事の相性] シリーズ全2巻 ill:高階 佑
[猫耳探偵と助手] シリーズ全2巻 ill:笠井あゆみ
[あの頃、僕らは三人でいた] ill:yoco
[美しき標的] ill:小山田あみ
[ハイブリッド ~愛と正義と極道と~] ill:水名瀬雅良

神香うらら

[恋の吊り橋効果、試しませんか?]
[恋の吊り橋効果、深めませんか?] 恋の吊り橋効果、試しませんか?2 ill:北沢きょう
[伴侶を迎えに来日しました!] ill:高城リョウ
[葡萄畑で蜜月を] ill:みずかねりょう

菅野 彰

[毎日晴天!] シリーズ1〜17
[花屋に三人目の店員がきた夏] 毎日晴天!18
[竜頭町三丁目帯刀家の徒然日記] 毎日晴天!番外編
[竜頭町三丁目まだ四年目の夏祭り] 毎日晴天!外伝 ill:二宮悦巳
[1秒先のふたり] ill:新藤まゆり
[愛する] ill:高久尚子

[いたいけな彼氏] ill:湖水きよ
[成仏する気はないですか?] ill:田丸マミタ

杉原理生

[恋を綴るひと] ill:葛西リカコ
[制服と王子] ill:井上ナヲ
[星に願いをかけながら] ill:松尾マアタ
[錬金術師と不肖の弟子] ill:yoco
[愛になるまで] ill:小椋ムク

すとう茉莉沙

[触れて感じて、堕ちればいい] ill:みずかねりょう

砂原糖子

[シガレット×ハニー] ill:水名瀬雅良
[灰とラブストーリー] ill:穂波ゆきね
[猫屋敷先生と縁側の編集者] ill:笠井あゆみ
[小説家先生の犬と春] ill:笠井あゆみ
[アンダーエール!] ill:小椋ムク

高尾理一

[鬼の王と契れ] シリーズ全3巻 ill:石田 要

高遠琉加

[神様も知らない] シリーズ全3巻 ill:高階 佑
[天使と悪魔の一週間] ill:麻々原絵里依
[さよならのない国で] ill:葛西リカコ

月村 奎

[そして恋がはじまる] 全2巻 ill:夢花 李
[アプローチ] ill:夏乃あゆみ
[きみに言えない秘密がある] ill:サマミヤアカザ

遠野春日

[砂楼の花嫁]
[花嫁と誓いの薔薇] 砂楼の花嫁2

キャラ文庫既刊

[仮装祝祭日の花嫁 砂楼の花嫁3]
[愛と絆と革命の花嫁 砂楼の花嫁4] ill：円陣闇丸
[蜜なる異界の契約] ill：笠井あゆみ
[黒き異界の恋人] ill：笠井あゆみ
[疵と蜜] ill：笠井あゆみ
[恋々 疵と蜜2] ill：笠井あゆみ
[鼎愛—TEIAI—] ill：嵩梨ナオト
[美しい義兄] ill：新藤まゆり
[愛しき年上のオメガ] ill：みずかねりょう
[やんごとなきオメガの婚姻] ill：サマミヤアカザ

中原一也

[負け犬の領分] ill：新藤まゆり
[愛と獣—捜査一課の相棒—] ill：みずかねりょう
[魔性の男と言われています] ill：草間さかえ
[花吸い鳥は高音で囀る] ill：笠井あゆみ
[俺が好きなら咬んでみろ] ill：小野浜こわし
[街の赤ずきんと迷える狼] ill：みずかねりょう
[拝啓、百年先の世界のあなたへ] ill：笠井あゆみ

凪良ゆう

[恋愛前夜]
[求愛前夜 恋愛前夜2] ill：穂波ゆきね
[天涯行き] ill：高久尚子
[おやすみなさい、また明日] ill：小山田あみ
[美しい彼]
[憎らしい彼 美しい彼2]
[悩ましい彼 美しい彼3] ill：葛西リカコ
[ここで待ってる] ill：草間さかえ
[初恋の嵐] ill：木下けい子

[セキュリティ・ブランケット 上・下] ill：ミドリノエバ
[きみが好きだった] ill：宝井理人

夏乃穂足

[飼い犬に手を咬まれるな] ill：笠井あゆみ
[真夜中の寮に君臨せし者] ill：円陣闇丸

成瀬かの

[世界は僕にひざまずく] ill：高星麻子
[気がついたら幽霊になってました。] ill：yoco
[兄さんの友達] ill：三池ろむこ
[隣の狗人の秘密] ill：サマミヤアカザ
[神獣さまの側仕え] ill：金ひかる

西野 花

[溺愛調教] ill：笠井あゆみ
[陰獣たちの贄] ill：北沢きょう
[獣神の夜伽] ill：穂波ゆきね
[淫妃セラムと千人の男] ill：北沢きょう
[催淫姫] ill：古澤エノ

鳩村衣杏

[歯科医の弱点] ill：佳門サエコ
[学生服の彼氏] ill：金ひかる
[きれいなお兄さんに誘惑されてます] ill：砂河深紅

樋口美沙緒

[八月七日を探して] ill：高久尚子
[他人じゃないけれど] ill：穂波ゆきね
[狗神の花嫁] シリーズ全2巻 ill：高星麻子
[予言者は眠らない] ill：夏乃あゆみ
[パブリックスクール—檻の中の王—]
[パブリックスクール—群れを出た小鳥—]
[パブリックスクール—八年後の王と小鳥—]
[パブリックスクール—ツバメと殉教者—]
[パブリックスクール—ロンドンの蜜月—]
[パブリックスクール—ツバメと監督生たち—] ill：yoco
[ヴァンパイアは我慢できない dessert] ill：夏乃あゆみ
[王を統べる運命の子①〜②] ill：麻々原絵里依

火崎 勇

[ぬくもりインサイダー] ill：みずかねりょう
[リインカーネーション〜胡蝶の恋〜] ill：水名瀬雅良
[悪党に似合いの男] ill：草間さかえ
[カウントダウン！] ill：高緒 拾
[俺の知らない俺の恋] ill：木下けい子
[ヒトデナシは惑愛する] ill：小椋ムク
[エリート上司はお子さま!?] ill：金ひかる
[メールの向こうの恋] ill：麻々原絵里依

菱沢九月

[小説家は懺悔する] シリーズ全3巻 ill：高久尚子
[年下の彼氏] ill：穂波ゆきね
[好きで子供なわけじゃない] ill：山本小鉄子
[飼い主はなつかない] ill：高星麻子
[同い年の弟] ill：穂波ゆきね

松岡なつき

[WILD WIND] ill：雪舟 薫
[FLESH&BLOOD①〜㉔] ill：①〜⑪雪舟 薫／⑫〜彩
[FLESH&BLOOD外伝—女王陛下の海賊たち—]

キャラ文庫既刊

「FLESH&BLOOD外伝2 —祝福されたる花—」 ill：彩
「H・K（ホンコン）ドラグネット」全4巻 ill：乃一ミクロ
「流沙の記憶」 ill：彩

水原とほる

「The Barber —ザ・バーバー—」シリーズ全2巻 ill：兼守美行
「家 路」 ill：高星麻子
「コレクション」 ill：北沢きょう
「皆殺しの天使」 ill：新藤まゆり
「刹那と愛の声を聞け」 ill：みずかねりょう
「百千万劫に愛を誓う」 ill：乃一ミクロ
「ピアノマンは今宵も不機嫌」 ill：ミドリノエバ
「名前も知らず恋に落ちた話」 ill：yoco
「監禁生活十日目」 ill：砂河深紅
「正体不明の紳士と歌姫」 ill：yoco
「彼は優しい雨」 ill：小山田あみ
「月がきれいと言えなくて」 ill：ひなこ
「見初められたはいいけれど」 ill：ミドリノエバ
「小説の登場人物と恋は成立するか？」 ill：サマミヤアカザ

水無月さらら

「時をかける鍵」 ill：サマミヤアカザ
「座敷童が屋敷を去るとき」 ill：駒城ミチヲ
「人形遊びのお時間」 ill：夏河シオリ
「いたいけな弟子と魔導師さま」 ill：yoco
「海賊上がりの身代わり王女」 ill：サマミヤアカザ

水壬楓子

「桜姫」シリーズ全3巻 ill：長門サイチ
「森羅万象」シリーズ全3巻 ill：新藤まゆり
「王室護衛官を拝命しました」 ill：サマミヤアカザ

宮緒 葵

「二つの爪痕」 ill：兼守美行
「蜜を喰らう獣たち」 ill：笠井あゆみ
「忘却の月に聞け」 ill：水名瀬雅良
「祝福された吸血鬼」 ill：Ciel
「悪食」 ill：みずかねりょう

夜光 花

「不浄の回廊」
「二人暮らしのユウウツ 不浄の回廊2」 ill：小山田あみ
「眠る劣情」 ill：高階 佑
「ミステリー作家串田寥生の考察」
「ミステリー作家串田寥生の見解」 ill：高階 佑
「バグ」全3巻 ill：湖水きよ
「式神の名は、鬼」全3巻 ill：笠井あゆみ

吉原理恵子

「二重螺旋」シリーズ1～12巻
「水面ノ月 二重螺旋13」 ill：円陣闇丸
「灼視線 二重螺旋外伝」 ill：円陣闇丸
「間の楔」全6巻 ill：長門サイチ
「影の館」 ill：笠井あゆみ
「暗闇の封印—邂逅の章—」
「暗闇の封印—黎明の章—」 ill：笠井あゆみ

六青みつみ

「輪廻の花～300年の片恋～」 ill：みずかねりょう

渡海奈穂

「河童の恋物語」 ill：北沢きょう
「僕の中の声を殺して」 ill：笠井あゆみ
「狼は闇夜に潜む」 ill：マミタ
「御曹司は獣の王子に溺れる」 ill：夏河シオリ

〈四六判ソフトカバー〉

ごとうしのぶ

「ぼくたちは、本に巣喰う悪魔と恋をする」
「喋らぬ本と、喋りすぎる絵画の麗人」
「ぼくたちは、優しい魔物に抱かれて眠る」
「ぼくたちの愛する悪魔と不滅の庭」 ill：笠井あゆみ

遠野春日

「夜間飛行」 ill：笠井あゆみ

松岡なつき

「王と夜啼鳥（ナイチンゲール） FLESH&BLOOD外伝」 ill：彩

アンソロジー

「キャラ文庫アンソロジーⅠ 琥珀」
「キャラ文庫アンソロジーⅡ 翡翠」
「キャラ文庫アンソロジーⅢ 瑠璃」 ill：円陣闇丸

〈2021年2月27日現在〉